The Red Snowball · Ten Years of Cross-cultural Activities: Chinese European Art Center

The Red Snowball · Ten Years of Cross-cultural Activities: Chinese European Art Center

红色雪球

中国欧洲艺术中心跨文化活动十周年

中国欧洲艺术中心编著

河北省刊出版社

廷尼卡・瑞德斯(Tineke Reijnders)
前言

雪球仍以全速向前滚动。十年本身只不过是一个随机时段，而且未来要求我们加快步伐。然而这次十周年纪念活动仍具有重大的意义，因为它为总结中国欧洲艺术中心 (CEAC) 的作用提供了一次机会。这本《红色雪球》是由这个处于急剧转变的中国社会中成长起来的国际艺术中心强劲的动力推动的。中国欧洲艺术中心作为厦门大学的客人，被主人安置在依山傍海和棕榈树点缀的地方，单凭这迷人的景象，对中欧艺术和艺术家们就已产生了重大的影响。但我们所说的是什么具体的影响呢？它们有什么独特的地方？假如没有中国欧洲艺术中心，这种相互影响能取得成果吗？在提出这些问题的同时，它们的答案已随之飞逝。中国欧洲艺术中心的几十次乃至上百次活动犹如蝴蝶，一大群飞散开来，到许多国家授粉。《红色雪球》试图以自发的和纪录性的图片，把这一景象视觉化。更精确地来讲：就是通过那种无限的印象流。这是为了能够停下来思考片刻，以便勾勒出它们的来龙去脉及其相互间的关联。这是一次在数名专家涉及面广泛的文章引导下所进行的一次反思尝试。

1999年底，自伊尼卡・顾蒙逊 (Ineke Gudmundsson) 在教师兼艺术家秦俭的帮助下创建中国欧洲艺术中心起，它就有机地生长着。而事实上，一个敏锐的卓见是整个发展过程的根基。通过艺术来进行文化间的相互交流是其坚不可摧的目标。伊尼卡・顾蒙逊的目标很明确。她一直追随着自己知名艺术家丈夫思故都・顾蒙逊 (Sigurdur Gudmundsson) 所参与的艺术倡议运动——在阿姆斯特丹和雷克雅未克艺术家的运行空间。她有一双慧眼，而且当她识别出有价值的东西时，她会竭尽全力将此展示于世人。有一次，单凭报纸上的一张剧照，她便看出阚萱是一位出色的天才。于是，她像侦探一样，在北京找到了这位艺术家。这当然不是浪费时间，因为自此，阚萱经常参加西方的双年展。这不过是取荷兰记者卞荷蕊 (Garrie van Pinxteren) 与伊尼卡的访谈中众多例子中的一个。这位在中国工作过多年的作家兼中国通，生动地描绘了在其东道国背景下中国欧洲艺术中心的发展以及伊尼卡・顾蒙逊的魄力。

事实证明，厦门市是一个有利于中国欧洲艺术中心繁荣的生存环境。从多年来已作为艺术活动中心的北京和上海等城市来看，这座世界最大的天然海湾城市似乎位于边缘地区。然而，恰恰是其地方特色决定了它独特的创造力空间。

在早年间，中国欧洲艺术中心在展示国际当代艺术方面，处于中国的最前沿。这种活动当时在国内尚无先例。难怪中央电视台多次远道从北京来厦门，在黄金时段播出展览与伊尼卡的访谈。这顿时为伊尼卡带来了全国性的知名度，并为她赢得了厦门市政府的嘉奖。此外，福建省还向她颁发了"友谊奖"。她被列入几个世纪以来35位中荷文化交流特别使者之列，这不足以为奇。《35》一书时值中荷两国建交35周年之际，由荷兰驻华使馆与中国外交部共同出版，其内容包括中荷风云人物传略。

作为厦门市正式聘请的顾问，伊尼卡・顾蒙逊曾为市政府设计了一个包括旧避风坞以及周边破旧房屋在内的创建文化地带的方案。自此，避风坞作为文化遗产被保存至今，而该市的其余部分则相继得到了现代化改造。保罗・贺夫亭 (Paul Hefting) 在他的文章中，以厦门常客的个人视角讲述了厦门市的发展变化。

在这个中等规模的城市，办事程序相对简单。每样所需材料都可以找到丰富的资源。那些想创造出一般工作室设备无法制作的作品的驻地艺术家，可向本地工匠、技术助手、工厂和作坊求助。中国欧洲艺术中心毫不保留地提供支持。你需要八百米长的丝绸吗？你需要一间挤满旧书桌的教室么？与我们的得力助手和翻译一道，我们都会为你找到这些东西。陈卓在本书里描绘了她的经历，《厦门日报：双语周刊》的记者张薇薇也表达了她的见解。包括采石场和瓷器作坊在内，人们对最具实验性的愿望的关怀是暖人心房的。亚热带厦门的居民是那样和蔼可亲。思故都・顾蒙逊在其引人入胜的文章中强调了这一点。

在20世纪，一架桥梁连接了厦门与大陆。厦门原先一直是一座岛屿，荷兰人所知道的名称是"Amoy"。如今荷兰读者因阿拉尔德・施若德 (Allard Schröder) 的小说标题《Amoy》而熟知它。施若德是厦门的驻地作家之一，他同拉士德・诺维尔 (Rashid Novaire) 一样，特为本书撰写了文学随笔。Amoy有荷兰基因。其悠久而丰富的历史，要比荷兰诗人兼医生斯劳沃霍夫 (Jan Jacob Slauerhoff) 在其1934年的小说《地球上的生命》中所描绘的还要久远。几个世纪前，厦门曾有过荷兰人的贸易站。虽然荷兰人对其贸易伙伴并非一直恭敬以待，但他们终究提供了一扇面向其他文化的窗口。本书还收录了有关厦门历史背景的学术论文，其作者是荷兰在该领域的专家，莱顿大学和厦门大学教授包乐史 (Leonard Blussé) 博士。

向其他文化敞开的窗口对每个艺术家都至关重要。罗马曾一度吸引着每个艺术家；凡・高在世时来到了巴黎，蒙德里安、阿佩尔和康士坦等艺术家也步其后尘；在上世纪中期，纽约成了艺术家们向往的地方。1989年柏林墙倒塌后，柏林已然成为独具魅力的城市。此外，在近五年来，许多艺术家长期或短期地到中国各市镇驻留。厦门如今已被证明拥有适合国外艺术家的理想的自然环境，除现有中国欧洲艺术中心驻地工作室以外，该市也是中国年轻艺术家最理想的起航点。应邀参加"大地魔术师"展览后，享誉全球的厦门最著名的艺术家黄永砯早在1989年便选择在巴黎定居。他每年都要回到厦门的工作室，在他探访期间，秦俭为《红色雪球》对他进行了访谈。

然而，最频繁的移居往来还是由艺术教育引起的。厦门大学艺术学院通过中国欧洲艺术中心，与阿姆斯特丹桑德伯格学院保持着密切的联系。甚至秦俭的多媒体专业也采用了桑德伯格学院的教学模式。两院的硕士生每年在中国欧洲艺术中心共同举办展览。数名来自阿姆斯特丹的年轻硕士毕业生在厦门授课、组织研讨会并发表演讲。他们当中的洪荣满在本书里描绘了这些活动给他留下的印象。此外，许多富有才华的中国学生纷纷到桑德伯格学院或荷兰皇家艺术学院求学深造。林美雅是一位完成了这两个学院课程的艺术家。虽然她频频在中国国内举办展览，但她目前选择阿姆斯特丹市作为她成功的国际艺术实践的基地。阿姆斯特丹城市博物馆在2008年展示了她的一部较长的录像作品。林美雅通常致力于一分钟影像，她短暂的录像包括片尾字幕，整整持续60秒钟。这是全球通用的一种艺术形式，其创意来自桑德伯格学院院长尤斯·郝威林（Jos Houweling）。一年一度，来自世界各地的艺术家应邀参加大赛。厦门的学生在桑德伯格学院教师的帮助下学会使用录像作为艺术媒介之后，也参加了比赛，详情请读尤斯·郝威林在本书中的文章。一时间，厦门艺术家在世界舞台上赢得了一席之地。林美雅的一分钟作品《呼吸者》与其他来自世界各地的上千部录像短片，于2008年夏季在北京今日美术馆播放。几年前，世界大赛颁奖仪式在厦门举行。2006年中央电视台宣布，郝威林入选中国最有影响的百人名单。这不过是中国欧洲艺术中心这个艺术温床的意外收获之一。

厦门中国欧洲艺术中心在作为中国、韩国和荷兰、冰岛、比利时、塞浦路斯、美国、德国、法国、英国、爱尔兰等各国视觉艺术家、作家、建筑师和音乐家的枢纽的同时，阿姆斯特丹也有一个人员不断更换的中国年轻艺术家群体。尽管艺术家大都以自己的文化为基础进行创作，但对西方模式的兴趣无疑是他们的动机之一。他们的老师秦俭对西方知识饶有兴趣，而且鼓励他的学生学习了解国际视角。但这并不能抹去中西方之间的根本区别，正如他在文中提到的。

有一点比较引人注目，本世纪初到阿姆斯特丹学习的美术学士，对概念思考较为生疏。比如说，没有人听说过马塞尔·杜尚（Marcel Duchamp）。这看起来有点奇怪，因为前面已提到过的著名中国艺术家如黄永砯，或表演艺术家张洹的工作方式，其实已明显具有一种概念化甚至幽默的韵味。然而，那时的中国教学课程中尚未纳入当代艺术。几年后，中国完全补上了这些欠缺。厦门大学已然成为一个生机勃勃和进取的学府，在展示当代艺术方面，它赋予伊尼卡·顾蒙逊全部的自由，这在中国其他地方未必能够办得到。陈志伟致力于大学和艺术中心之间的关系。在美国，许多大学校园内设有博物馆或艺术中心；在荷兰，阿姆斯特丹自由大学，阿姆斯特丹大学医学中心和莱顿大学医学中心都经常举办各种艺术展览。这种结合在中国较为罕见。

因为各种展览活动紧凑的节奏，中国欧洲艺术中心自然是行动多于思考。然而，从理论角度来思考中国欧洲艺术中心在中国的地位，也是一项挑战。中国的艺术史传统要比欧洲的悠久。早在9世纪就已有张彦远的《历代名画记》。20世纪也出版了大批的美术史论著。但中国传统艺术理论方面的著述尚未广泛传播。近年来，中国当代艺术当红其实更助长了人们对其商业意义的重视。富有的艺术家，宽敞的画廊、如雨后春笋般的新博物馆，以及当代艺术的第一批中国收藏家，这在中国共产党领导下的中国，的确是一个令人感叹的现象。相形之下，中国欧洲艺术中心以其非盈利的理想主义方针，顿时显得有些落伍。北京艺术评论家卢迎华是当代中国艺术的一位敏锐的观察家。在她的文章中，她暗示中国欧洲艺术中心的作为，或许能为被人们视为空洞的商业化提供答案。

在某种意义上，中国欧洲艺术中心是由一群桀骜不驯的艺术家创建的，是从官方艺术界的阴影下发展出来的西方艺术运动，因此，可以说中国欧洲艺术中心是已往中国先锋派的合理后继人。85美术运动以其叛逆精神而名声远扬。此类非正式群体有上百个。他们在寻求以西方艺术理念为基础的改革时，以批评的态度对待传统和权威。当时最具魅力的团体——厦门达达——的艺术家们，每次在展览结束时，都会毁掉自己的作品。85美术运动二十年后，诸如理性绘画、政治波普和公寓艺术等重要运动迅速互相接替，它们最终只是被某些知名个体所遮蔽。

中国欧洲艺术中心一直以向世人展现知名艺术家的成熟作品为己任。而强大的生长力正在萌发。许多中欧艺术家的职业生涯源于该中心。许多人能够以艺术起家，常常是借助在艺术中心驻地艺术创作期间和结束时举办的展览为自己做宣传。伊尼卡·顾蒙逊对天才艺术家创造力的坚定信念，以及她在遇到困难时的乐观精神，带来了使人为之一振的艺术作品的富饶。这种富饶的踪迹至今依然可以在西方艺术博物馆和画廊里看到。

　　本书所收的照片呈现出无限的多元化。值得注意的是，这些照片对人类关注的程度令人惊讶——人作为轮廓、模特、精神、女人、男人，面对他物的人类，以及身处预期环境或非预期环境中的人类。作为文化交融活动过程中基本主题的人类生存状况，可以被视为一个到目前为止在这个势不可挡的惊人进程中相当不错的结果。

李梅 (Aurea Sison) 译

那天，我手里拿着一包巧克力糖果来到伊尼卡·顾蒙逊（Ineke Gudmundsson）在阿姆斯特丹那座古色古香的大宅。我按了电铃，来应门的却是一位完全非我想象般的女士。毕竟，她在短短十年内成功建立了一所国际知名的现代艺术中心，而且还是在中国一个乍看起来和现代艺术极不相称的城镇。要有如此骄人的成就，大抵需要一个专横霸道的人才行。至少，当时我是这样认为的。怎料顾蒙逊却是一个友善、坦诚的人，而且忠于自己的原则。她毫不掩饰自己也有困惑的时刻，完全不像一个一心到中国赚快钱的精明商人。她绝对是一个热情澎湃的人。在艺术这个领域内，她会对自己认为有价值的东西坚持不懈，毫不妥协。

顾蒙逊的家给人一种很典型的欧洲感觉。其实她本人亦是如此。这种欧洲人的特质主要是来自她极具现代感的意识，视艺术为个人欲望和感情的表达，并具有一份基本、内在的价值。这种价值超越了艺术本身的实用性及社会目的，因此这是一种无法用金钱来衡量的价值。顾蒙逊在中国定居已久。在中国，传统上艺术被视为用来教育人民的工具，用来阐明好与坏、甚至是美与丑的分别。这个概念是以艺术来说服人民顺从国家，以社会的最高利益为目标。在共产党领导人毛泽东的统治下，艺术可以成为宣传工具。然而，宣传在现今的中国已变得愈来愈不重要。就意识形态而言，中国已经被严重地侵蚀。在今天，许多活动的成效是以赚取得来的金额来衡量。同样的情况亦可在中国的艺术界看到。许多人——包括艺术家——只视艺术为商品，以艺术品带来的收入来衡量艺术品本身的价值。

顾蒙逊最大的成就在于建立了一个强大的、富个人性的现代艺术网络，把中国及欧洲连接起来，尽管中国和荷兰两国在上世纪末对这方面采取了毫不积极的态度。幸好有顾蒙逊这位女士，把一流的西方艺术和艺术家带到中国，同时亦让有真才实学的中国艺术家打入国际的艺术界。她从自己对艺术的观点出发，研究艺术吸引人的原因，而非怎样的艺术才具有最高的商业价值。她成功地在短短十年间、在刚开始时完全没有任何资助的情况下，一手建立非营利的中国欧洲艺术中心（CEAC），让东、西方有个汇合点。当时（1999年）东、西方对彼此的艺术了解甚少，双方的艺术概念亦建在相异的原则上，顾蒙逊便搭了一道接连两个世界的桥梁。其实，顾蒙逊在1997年来到中国南部的厦门港亦是由于机缘巧合。那时，厦门与国际间的接触非常有限，当地几乎没有外国游客，城市也欠缺大众的文化生活。她解释说："厦门是一个非常令人愉快的城市，但是在文化的层面上，宛如60年代的冰岛般死气沉沉。"

顾蒙逊在60年代末旅居冰岛，也就是她丈夫——艺术家思故都·顾蒙逊（Sigurdur Gudmundsson）——的故乡。对于一个年纪轻轻、来自荷兰阿姆斯特丹的女人来说，那是一段艰苦的时期，毕竟阿姆斯特丹是一个具国际视野、集多元文化于一身的城市。她补充说："感觉上，雷克雅未克（冰岛首都）就像一个大村落。我觉得它太封闭。"从文化层面上说，那里可算是了无生气。厦门在1999年的情况亦是一样：城中没有画廊，亦没有现代芭蕾舞表演或当代音乐演奏会。"除了传统的中国艺术，什么也没有。我对传统的中国艺术很有兴趣，可惜我对它并不了解。"

事实上，她之所以来到厦门，竟然是因为丈夫的一个错误。在90年代，思故都受到委托要建造一座巨大的雕塑，即现今矗立在荷兰荷罗宁恩教学医院（UMCG）前庭的艺术品"红色的秘密"（Het rode geheim）。这件作品由红色的花岗岩雕成，但当委托的细节议好之后，他才惊觉原来报价上（购买及处理花岗岩的费用）出了错误，足足算少了十万荷兰盾！这对顾蒙逊夫妻俩来说简直是一场财务上的大灾难。伊尼卡说："我力劝丈夫到医院去担承自己的失误，但是他不愿意。"

一位来自挪威的雕塑家朋友告诉他们，中国的福建省（即厦门的所在）盛产花岗岩，产量达全中国所有花岗岩品种的80%，而且价格低廉。这位友人建议顾蒙逊夫妇陪他到中国的采石场跑一趟。结果证明了这的确是个好主意。厦门的一个石矿场最后成了"红色的秘密"这项计划的合作伙伴。其后，夫妇俩决定在厦门租房子住了下来。思故都想在那儿撰写他的第二本著作。伊尼卡说："那是我人生中第一次没有工作。"不过，这个阶段并没有持续太久。城中对当代艺术文化的欠缺令伊尼卡深感烦燥。"我从没想过要成立一间画廊，但因为厦门恰好在这方面有所欠缺，我竟然很想这样做。"厦门大学艺术学院的讲师秦俭拨出一间教室，请她以西方艺术品来布置，给了她一个大好的机会。时至今日，秦俭仍然与中国欧洲艺术中心紧密合作，继续担当一个非常重要的角色。当时伊尼卡坚持要写下合约，让她自行负担所有费用，以确保她有绝对的自主权决定艺术家的名单及如何安排展览空间。

当时顾蒙逊身怀十多万荷兰盾，请教本身既是艺术史学者、又是平面设计记者的朋友保罗·贺夫亭（Paul Hefting）资金是否足够。贺夫亭向她大派定心丸，谓荷兰众多的文化基金会如蒙德里安基金会

(Mondriaan Stichting) 定会给她拨款。然而，顾蒙逊的想法原来太走在时代的尖端。事实上，当她向荷兰当局申请拨款时，竟遭到当时在北京荷兰大使馆负责文化合作的一位女士谴责："任你凭着三寸不烂之舌，我们也不会答应的。荷兰的政策是：在文化层面上，我们不会与中国合作。"当时，其他荷兰的基金会亦拒绝赞助她的计划。今天，许多西方艺术的权威人士对中国艺术及艺术家予以高度的评价。但在1999年，这却是一个令人难以想象的态度。当时欧洲——包括荷兰——对中国的看法是截然不同的。那时西方视中国为一个恶劣的国家，主要是与它严重地侵犯人权有关。此外，当时许多荷兰人认为最好不要让那"邪恶"的中国玷污了自己的双手。他们认为这样的一个国家理应受到抵制，而非支持文化交流。然而，荷兰对那些在中国被视为是异见人士的艺术家及被中国当局所禁的作品最感兴趣，却不接受和中国的官方机构（如大学）合作。在中国方面，交流也是非常困难，因为当局只会批准受政府认同的艺术和艺术家参与交流的工作。

要把外国的艺术家的作品带入中国，必须付出极大的勇气及极昂贵的代价。中国深恐西方的现代艺术会带来腐败的影响，一直抱着怀疑的态度，决不允许在厦门举办艺术展览。这个信息实是出自为福建省坐拥大权的文化部发言的海关人员。"那时我真的很不开心。当我在大学校园里看到校长时，我跑过去请求他协助。我忍不住泪如雨下。" 校长对她保证，凡事都会迎刃而解。事实证明校长是对的。在她首次展览开幕的前一天，她得到准许前往海关收取那批艺术品。校长想出了一个极聪明的点子：这不仅仅是个展览，还是一个教育项目。海关的官员对此表示认同。这种与教育的关系，以及独立的资金运作，成了艺术中心成功的关键。顾蒙逊解释道："比起一般的博物馆和画廊，我有较多的活动余地。凭着与厦门大学的关系，我能说我的工作和教育有关。"此外，被荷兰和其他国家的拒绝拨款反而是因祸得福。艺术中心的财政困难令顾蒙逊改变了方向。她放弃了要从外国引进展览的想法。"为四位艺术家举办了展览之后，我把钱花光了，因此我必须采取不同的策略。我想出了'驻馆艺术家'这个计划：邀请艺术家到厦门作三至六个月的探访，但要他们自行找补助金。我则在他们离开之前，为他们策划一个展览。"事实证明，这确是回避来自中国政府及海关的限制的完美解决方法，同时亦令顾蒙逊在厦门展出西方艺术之余，不需再承担巨大的财务风险。其中的重点便是与厦门大学合作。因为大学认同文化交流的重要性，她可以为到访的艺术家租地方住下来。顾蒙逊笑道："只是，大学方面不想出钱。"后来，顾蒙逊得到荷兰视觉艺术、设计及建筑基金会 (Netherlands Foundation for Visual Arts, Design and Architecture) 的支持，为在艺术中心的驻馆艺术家提供旅费补助。最初，艺术家门寄居在顾蒙逊的家里。时至今日，她有多间工作室及小公寓让艺术家们使用。艺术家驻馆计划还带来一个十分正面的效应：由于这群艺术家留在厦门的时间相当长，欧洲与中国艺术家之间能有更多交流。顾蒙逊和艺术学院还和荷兰的桑德伯格学院 (Sandberg Instituut) 及皇家艺术学院 (Rijksakademie) 合作，把许多外国艺术家及学者带到厦门，亦举办联合展览，展出中国及荷兰学院的学生作品。外国的讲师亦十分喜欢到厦门授课。顾蒙逊笑说："这里的工资不高，但是你会被邀请到最精彩的宴席。"当然那并不是主因。"这是一份真正有意义的工作，因为中国的学生非常好学，欧洲的学生远远不如。"

许多合作项目的重要性日趋深远。欧洲和中国的艺术家往往在第一次聚首时惊觉双方对艺术和生活的态度有完全相反的见解。顾蒙逊道出了许多中国艺术家欠缺个性的特点。她回忆道："十年前，几乎所有中国的艺术家总以'我们'称呼自己，而不是'我'。相反，西方的艺术源自个性。中国的艺术家往往模仿西方的艺术，却回避了西方艺术的精粹。"中国人害怕表现自我的特点亦恰好反映在早期中国人对西方展览的反应。"他们希望我把一切都解释的很详细，但我对他们说：'我不会那么做。你告诉我你所看到的以及你对它的感受。这才是更重要的。'他们非常害怕把感情放进语言里。"她发现许多她曾经展览过的西方作品很快便会被中国艺术家模仿。"有时候，他们完完全全地把作品临摹复制。不过，其实我也觉得高兴，因为这意味着他们至少在造一些与以往不同的艺术作品。"从一开始，顾蒙逊就跟当代中国艺术的数位始创人特别投缘。他们确实存在，但为数不多。那是艺术家在中国以传统手法接受培训所造成的结果。在中国，艺术的最终目标并不是创造，而是把大师的作品临摹到完美的境界。待你可以完全掌握了模仿的手法，才可以把一己的风格逐渐加入作品里去。因此，中国虽然有很多技巧出色的艺术家，但论创意，便逊色得多。

顾蒙逊还记得那日她发掘了一个中国当代艺术始创者时的激动情景。"我在杂志里看到一张照片，照片中有一名女子在地铁站内呼喊着自己的名字。这简直是不可思议。因为当时没有人会把焦点放在自己身上，所有艺术家都只会言计听从。"几经辛苦，顾蒙逊在北京找到了这位名叫阚萱的艺术家，指导她入读荷兰的皇家艺术学院 (Rijksakademie)。事实上，鉴于当中涉及巨大的语言和文化障碍，到荷兰深造并非易事。"一般在荷兰的中国学生需花三年时间才能完成为期两年的课程。他们需要慢慢适应新的环境，主要是由于他们习惯了从群体（'我们'）的角度去思考，忽略了'我'这个个体。"阙萱把以英语写成的入学动机背得滚瓜烂熟。"她每天和我通过电话练习。当学院致电给她，她把已准备好的话全背了出来，然后说：'好了，我所知的就是这么多，再见。' 她成功被录取了。"今天，这位中国艺术家的作品在世界各地展出，甚至有份角逐罗马大奖 (Prix de Rome)。她曾代表中国前往威尼斯双年展，实在是个极大的荣耀。顾蒙逊眼里露出得意的神色说："她的成就比我高。"

哪些活动项目是顾蒙逊自己最为骄傲的？她很快地回答说："有机会帮助中国的艺术家到西方发展。"这大概也是中国欧洲艺术中心对发展现代中国艺术最重要的贡献。由于这个艺术中心设在中国，中国与欧洲之间得以紧密合作，顾蒙逊为东、西方带来了互动的可能性，超越了形式和宣传炒作。她坚持自己对艺术的见解，并尽量避免把艺术中心变成一个商务企业。自然，把艺术中心商业化是个极大的诱惑。不仅是因为近年来现代中国艺术有赚大钱的能耐，亦因为现今中国对艺术基本的内在价值仍然不甚了解。然而，艺术中心的确需要资金来筹备活动。时至今日，中国欧洲艺术中心已在国内站稳位置，扮演了一个独特的角色。很难想象在1999年，顾蒙逊千方百计四处寻求资助而不得要领。从那时起中国的经济急速增长，外届对中国艺术的兴趣亦倍增。今天，西方的艺术机构争相与中国合作建立及资助各种合作项目。这并不是因为中国在人权方面有了显著的改善，而是推断一个经济成长如此急速的国家定会同时生产愈来愈多令人兴奋的艺术家。在一定程度上，也许这是事实，但程度却远逊一般人所料。政治的约束至今仍然存在，而正因如此，中国的艺术家难以对现今或过往世界发展出一套真实的、具批判性的视观。若艺术家没有受过特别训练以内容及创意为作品的基础，而只懂仿造外观的话，是很难去表达自己的，亦往往在技巧上无法超越戏谑与反讽。带有讽刺意味的作品（如岳敏君笔下那重复的笑脸）在西方是极受欢迎的，更助长了许多中国艺术家不去深入探究的风气。

国际对中国的态度在2002年左右开始有了改变。这对中国欧洲艺术中心而言当然是个喜讯。艺术中心首次收到蒙德里安基金会 (Mondriaan Foundation) 和伯恩哈德亲王文化基金会 (Prince Bernhard Cultural Fund) 的资助。在2003年，克劳斯亲王基金会 (Prince Claus Fund) 亦拨款让一群中国艺术家在中国欧洲艺术中心参展。冰岛和挪威大使馆亦开始拨款补助。中国艺术的水平是否真的值得这样的关注？顾蒙逊犹豫了一会，道："这也是一种炒作。近来我们接待了很多访客。我认为部分的关注源自一份怀旧的心境：在某种程度上，中国宛如昔日的欧洲。但因为它是中国，所以亦是迥然不同。这种怀旧与相异的混合充满了吸引力。"顾蒙逊并不预计这股热潮会一直持续下去。全球性的经济危机亦意味着公众对艺术的兴趣正在减弱。然而，中国欧洲艺术中心一直采取独立自主的立场，要生存下去应不会是难事。当顾蒙逊在厦门成立此艺术中心之初，中国和中国艺术尚未"流行"。她一直沿着自己决定的道路往前走，以对原创性的渴望来作动力，并不追随时尚与趋势。

别人对她的处理手法有什么评价？许多艺术学院的讲师认为顾蒙逊的方法未免有点怪异。有些更认为她想干预教学方法的基础而感到受威胁。身为讲师，他们已习惯了被学生模仿和服从。一般来说，他们不需要学生有独立、具批判性的立场。"有一位学生希望能在我们中心举办他的毕业展览。他的讲师却说：'要是你这样做，你便不能毕业。'可是那位男同学坚持己见，并在一年后照样顺利毕业。"那并不是单一的个案。在2005年，首次在中国举办的"一分钟展" (One Minutes Festival) 便是在顾蒙逊的艺术中心内举行的。这个展览由荷兰的桑德伯格学院 (Sandberg Instituut) 资助，让一群艺术家各自制作长度刚好一分钟的短片。顾蒙逊回忆起当时有一位女孩很想参加，可是她的讲师并不允许。这位女同学坚持参与，并且夺了奖。那个国际奖令她免受来自学院的批评，学院亦准许她以这部短片作为毕业作品。这种事情在今天恐怕不会再发生。艺术学院对顾蒙逊少了戒心，中国学生则有更多机会表达自我。今天，学生们甚至可以主修视听艺术——若是在1999年，这是一件不能想象的事。

我们喜欢购买中国的现代艺术品，但中国人喜欢购买西方的现代艺术品吗？据顾蒙逊的经验来说，答案是否定的。迄今为止中国欧洲艺术中心仍未卖出一件艺术品予中国的访客。厦门也少有艺术收藏家。"但是我想事情终究会改变的。中国人不仅变得日益富裕，他们也愈来愈了解西方艺术。"

目前顾蒙逊还没有计划离开厦门。"我的孩子有时真的会问：'妈，妳想在哪里安度晚年呢？'我们在瑞典有一幢惹人喜爱的房子。可是我还是想留在厦门，因为这实在是个有趣的地方。许多事都在变。以前，在云云中国艺术家当中，我几乎无法分辨出谁是谁，现在他们愈来愈有个性。"然而，最令她着迷的却是当地的老百姓。"我觉得中国人有一种令人感动、高贵的特质。当我在校园里看见一位教授如何细心地照顾他的孙儿，我真的很感动。他们毫不造作。当你从欧洲这个繁华、凡事都给美化了的地方来到中国，你会感到耳目一新。我实在喜爱中国。"

李咏诗 (Reese Lee) 译

与任何历史时期显现的特征不同：中国的当代艺术更加凸现了文化语境的各种联系。与此相关的一个较为明显的现象是：当根植于中国传统文化和来自现实中的许多元素在中国当代艺术作品中被广泛运用时，中国当代艺术在国际艺术界受到了热烈的关注。在2008年波及世界的经济危机发生之前，中国艺术市场的火爆几乎让国内、外艺术界里的所有人都始料未及。然而，有不少人士对此也提出了批评：认为这并非意味着中国当代艺术的真正繁荣，而是在"他者"的制约之下呈现的一种现状。这个他者实际上指的就是西方。

这一批评显然涉及到关于文化认同的话题。其核心部分是，艺术创作的特色显现是自主的还是被动的？追问这一问题的意义在于人们对全球化概念下的文化多元的深层审视。

在《世界是平的》一书中，美国作者托马斯曾被一位中国记者问到，中国和美国——在掌握微软技术的先进程度上——差距是多少，他以开玩笑的口吻回答说："如果你不考虑创造性，中美高新技术的差距是三个月。"

有一位欧洲艺术家朋友告诉我她来到中国仅几天之后获得的视觉印象："整个中国就像是一个安迪·沃霍尔。"

托马斯对中国记者所作的回答和那位欧洲艺术家朋友告诉我的视觉印象，都触及到复制与模仿的行为。有意思的是，他们从中受到的震撼似乎超出了褒贬意义的评判要求。换言之，他们更愿意从文化认同的角度去做一些更为深入的了解与发现。然而，针对中国当代艺术界出现的相类似的现状，却不乏有批评家提出质疑：在西方已有的当代艺术形式中套入中国的元素或内容，这一普遍行为提供的疑问是：中国有真正属于自己的当代艺术吗？

复制一词的当代概念具有多层含义。其中有一点涉及到当代艺术家对原创性的固有观念的转变，它主要体现在：当代艺术家更愿意在已有的图形，形象以及风格样式中进行重新解读。从已有的形式中进行情景置换，重组关系。用发现新的语境的方式取代了形式语言的原创性。从这个意思上说，个性化的解读是使复制等同于创作的主要起因。个性化是西方自现代主义艺术时期就已经开始，后来成为贯穿于现代、后现代或当代艺术的一切演变中的一条主线。它的起端和发展的背景显然不能仅从艺术语言模式的角度去揣摩和套取。

从文化认同的话题看复制行为中的个性化解读，它主要有两种体现：一个是国家或民族的特征显现，另一个是艺术家个人的个性显现。这两者之间尽管有着密切的联系，但各自的位置显然是不能完全互相取代的。

近一个世纪以来，在中国的历次艺术新思潮中——由中、西方文化之间的认同冲突——显现的一个共同特征是：新的艺术潮流无论来得多么热烈，形式上的演变多么巨大，但艺术家之间在创作中的个性差异却是微乎其微的。如果我们把这看作一种在历次文化冲突中呈现出来的恒常性表现，它给予的事实是：中国近代艺术的演变只表现在团体性的整体移动中，而非艺术家的个性空间的扩张。

在中国的传统文化意识中，"我们"的价值总是大于"我"的存在的价值。 在一些极端的历史时期里，"我"的个性表达几乎等同于不健康的道德思想，如果有人要一意孤行地去坚持，就有可能危及到个人事业的前途甚至生命安全。

如果说，作为个体的人的精神个性的空白是使人性失去尊严，并几乎成为一个国家或民族的一种传统的文化内核，人们就不难理解：在当今人类日益重视文化认同的背景下，中国的当代艺术为什么更加凸现了国家和民族的文化身份，而不是艺术家个人的个性身份。在我看来，中国近代的历次艺术思潮都是冲着个性张扬的变革而来的，但每一次都好像擦身而过，有时候甚至走向了它的反面。

对"他者"制约的警觉是——基于文化多元的——一种批评需求。但在我看来，对此需要保持清醒的思辨是：以什么心态或在什么前提下对他者进行审视，比他者是否介入和要不要他者介入的疑问更为具体、尖锐和复杂。仅以中国当代艺术在国际艺术市场的表现为例，受他者制约意味着以下事实的存在：中国当代艺术作品的收藏者大多来自西方国家，国际当代艺术展览的策展人大多来自西方国家，艺术市场的整套机制也是在西方建立和完善起来的。但是，我不认为，以上几点事实是足以导致中国的当代艺术缺乏个人意义上的艺术个性的根本原因。从历史上的封闭时期到现在的开放时期，艺术创作中的身份问题尽管越来越受到艺术家的重视，但落实到个人的个性身份上却仍然没有实质性的改观。

文化多元是文化认同的一个不可或缺的基础。而文化多元的包容性并不意味着：从接受或遵循的角度去效仿在另一种文化中生成的现有观念和形式，而是展开各种交流和对话的一种积极的心态。遗憾的是，在中国的当代艺术中显现出高度活跃的状态恰恰是前者。从这一点上看，事实上，中国的历次文化与艺术运动向来不缺少国家概念中的文化认同的鲜明特征。即便是在形式上完全西化了的，那也是充满了中国思维定式的产物。而我觉得，真正需要超越的是：在定式中对两种文化的异同作出的过于简单又带有过多假设性的结论。换言之，我更加相信，文化多元中的个性身份的显现需要经历多次的文化背景的错位甚至流离失所，才有可能从——受一些大的概念制约中的——各种陈词滥调中解脱出来。

思故都・顾蒙逊 (Sigurdur Gudmundsson)
在中国进行艺术创作

十多年前，我同几位艺术家朋友们一起到远离厦门的采石场去做考察。坐了一天的公共汽车之后，我们在一个小镇或可以称作较大的乡村里的一家旅馆订了几间客房。

这家旅馆很小，只有几间客房。除了一间外，其余的被我们这些艺术家一下子全住满了。我们可以在那里订餐、订啤酒、汽水、果汁等饮料。但没有葡萄酒，而我恰好特别想喝。于是我就去问旅馆唯一的工作人员——那位接待我们入住的友好和善的女士——问她是否知道我在哪里能买到一瓶红葡萄酒。她说她知道一家商店卖葡萄酒，她可以带我去。

在旅馆门前，她拦住了一个貌似全然陌生的行人。她请这人在她带我去买酒的这段时间里替她照看一下旅馆。然后我们就穿街走巷朝那家卖葡萄酒的商店走去。

走了十分钟后，在一条街的拐角，一个人走近我并用手势告诉我，我的鞋子该让人擦一擦了。旅店的女士显然也觉得这是个好主意，然后指了指属于擦鞋人的板凳。擦鞋人安排我坐下来脱掉鞋子，并换上了一双非常小的拖鞋。他拿着我的鞋子，指出它们的状况不佳，并建议要修一修。修补需要45分钟的时间，因此旅馆的女士建议我们趁此继续奔向卖葡萄酒的商店。那双拖鞋对我的脚来说，至少小了八个尺码，只能套住我的脚板的一半，让我走起路来摇摇晃晃，幸好我能够靠着这位女士，穿过一条条街道，最后来到了那家卖葡萄酒的商店。

看来这是一家私人经营的小小店铺，店主站在柜台后。他说眼下没什么红葡萄酒，但他问我要哪个牌子的。我说张裕红葡萄酒，他回答说可以办到。他请旅店的女士帮他看一会儿小店，这样他可以骑上摩托车去取葡萄酒。店主走后，一名顾客来买几瓶白酒。看来他自己知道价钱，因为旅馆的女士毫不迟疑地接过钱来。一刻钟以后，店主带着两瓶葡萄酒回来。我付了钱就跟着旅店的女士离开小店。

回来的路上，我还是一直让这位女士支撑着，路过修鞋匠那里，好让我用我那双"半拉"拖鞋换回已修补好的锃亮皮鞋。我们回到旅馆时，我得知其间那位受托照看旅馆的行人，已把我们对面的最后一间客房租了出去。

这样每个人都十分满意，我得到了自己喜爱的葡萄酒和体面的鞋子，修鞋匠接待了一位不光让他擦鞋还让他提供更多服务的顾客，卖葡萄酒的店主作了一笔生意，旅馆女士的客房也全部客满。我的第一感觉是：这种灵活性多么让人印象深刻。而今，十多年过去了，我仍十分钦佩中国人应对生活的这种安逸。

采石场通常位于偏远地区，只靠泥泞小路与外界连接。人们在那里开采天然的原材料，随后这些石材被运往各个加工厂和出口公司。

当我跟几个西方朋友第一次来到一个中国采石场时，我们看到至少有两百个工人正忙于他们的日常工作，但看到我们到来，他们都立刻放下了手中的活计，仔细打量我们。他们的老板陪同我们参观了一个多小时，整个过程中，我们由这两百名工人陪伴着。他们想听我们说话，并好奇地想了解我们对石头的兴趣所在。老板十分自在，他显然对大家在我们参观期间停工毫不介意。我们对老板对待工人的态度感到愉快。

不仅是雕塑家对采石场感兴趣，摄影家和录像艺术家也喜欢到那里工作。采石场遍布全国各地，但福建省尤以拥有众多的采石场和石材加工厂著称。"石头村"就位于距厦门两小时车程的地方。这里差不多有上百个专门加工各种花岗岩和大理石的地方。它们通常是些家庭作坊，你也可以见到女人用锤凿在干活儿。甚至有个村子里只有女人在从事加工石料的工作。那是一个特别的民族群体，其传统是让女人自己建造她们未来的房舍。谁能建起最美的房屋，谁就能嫁给全村最好的男子。在那个村子里，我从未见到男人干活。虽然我经常可以看见他们喝茶，但茶都是他们妻子斟的。

石材加工厂一般都位于城市的郊区。在厦门也有各种这样的加工厂，它们能将花岗岩和大理石加工成各种形状。

我到这座城市的头一天就与康有腾开始打交道了。从那时起，他便是 CEAC（中国欧洲艺术中心）艺术家值得信赖的联系人。他介于加工厂和艺术家之间，确保操作完全按艺术家的指示来执行。

就我个人的经验而言，与石材加工厂合作非常令人愉快。价格一旦谈妥就不会改变，直至客户对自己提取的作品感到满意。如果艺术家不满意的话，对方会毫无怨言地重新制作。石工有一个特点，无论你是跟挪威北部的，还是中国西南部的石工打交道，他们都特别友好、平和。他们有什么秘诀呢？

我在中国定居的头几年里，在厦门几乎找不到冲洗和放大照片的地方，为此你不得不去上海或北京，但这种情形已改变了多年。厦门现在有一些摄影工作室，其中的几个档次较高。在摄影方面，CEAC 的艺术家大都会到城里最老的那家公司。这家公司不断地更新设备，其工作人员不但非常在行，而且也善待顾客。我还记得我曾经多么害怕交出底片，以至于我无法等到第二天再来取。这当然纯粹是艺术家的偏执，但这家公司尊重这一点。他们在显像室内为我安置了一张小床，这样，在工作人员通宵为我这个偏执艺术家工作的同时，我能跟踪全过程；在中国，顾客永远是对的。自此，我时常光顾这里。而今我可以从容地留下底片，日后再取。那张床却还留在那里，我特别怀疑 CEAC 的一些驻馆艺术家也在同一张床上度过一两夜。偏执显然是艺术家常见的毛病。

在福州，即福建省的省会，有各种各样的家庭作坊从事古老的中国漆艺。这是一种完全用漆制作器物的工艺。艺术家或设计师提供一个实物大小的模型，从模型上套出胚，胚通常由用漆线做的天然织物制成。先涂上大约八十多层漆，而每一层漆都要先阴干才能上新漆。此后再上四十层漆，而且每层之间，在漆阴干后都要用浑浊的木炭浆打磨。

最后的几层漆用毛笔上，这毛笔是用未成年女孩的头发制成的，因为它质地柔软，至少据说如此。如今，当然已没有这个必要，因为早已有与少女毛发一般柔软的人造纤维毛笔。但家庭作坊已用同样的方式制造了几个世纪的漆器，而且如今仍保持着这种传统手艺。

我用这种漆器工艺创作了许多作品，后来，CEAC 的其他西方艺术家也作了同样的尝试。我们得到的是顶尖级的质量，任何塑胶都无法与之相比。当我首次想在欧洲展示我这些用传统工艺制作的作品时，一位欧洲画廊主告诉我："我想你最好到比利时展出这些作品。"我的漆器不被瑞典画廊展出。这让我想起那些出于无知的毫无根据的偏见来。人家以为小姑娘被拖到凶恶的理发师那里，被他强行用入剪刀剃光了头。但事实并非如此。小姑娘留着长发，或许未曾剪过。父母第一次给孩子剪发后，不是将头发扔掉，而是可以将其卖给制作笔的传统工匠。工匠本可以买便宜的人造纤维制作毛笔，但他还是偏爱传统作法。因此大家皆大欢喜。

厦门市的所属省份福建尤以瓷器、花岗岩和茶叶著称。各大瓷器厂家当中，最大的有距厦门开车两小时之遥的德化陶瓷企业。德化县位于厦门市的北边。该县给人印象深刻，其上千家厂家企业都与陶瓷业有关。

在厦门的头一年里，我认识了史蒂文斯·佛文(Stevens Vaughn)和他的合作伙伴罗德尼·科恩(Rodney Cone)。在那段时间里，他们对于 CEAC 十分重要，其实迄今依然如是。史蒂文斯平时设计瓷器和玻璃，但有时他也从事表演艺术。他与其合作伙伴一起，经营一个陶瓷用具出口公司。他们在多处有作坊，并聘用技艺精湛的工匠，这些作坊一直都为在厦门创作的中外艺术家敞开大门，因此也包括 CEAC 的驻馆艺术家，他们在那里制作或托人制作艺术品。

史蒂文斯和罗德尼对来到这里的艺术家都很慷慨。每个艺术家都会受到他们的热情款待，并得到所需的材料、关心、支持和尊重。就商业公司来讲，这是难能可贵的。起码我认为在别处没有哪一间作坊能提供胜过他们的服务。我已经说过，多年来，史蒂文斯和罗德尼对于 CEAC 的驻馆艺术家来说，已成为一种理念。

而这些美国朋友也支持了数次大型的艺术活动，如"陶瓷·生活·厦门"。为能确保圆满地完成这次活动的参展作品，他们至少停业两个月之久，其费用由他们自己承担。这两位朋友与 CEAC 的合作关系不止于此，因为在过去的十年里，CEAC 的各种小型艺术活动的成功举办，都与他们的支持是分不开的。

CEAC 的许多艺术家都利用厦门的印刷厂。我刚来的头几年里，印刷质量兴许尚未达到西方人的标准，但近几年来，这种质量差别已成为过去。你可以在这里让人印制最精美的印刷品，许多艺术家在回到本国后，仍与这里的印刷厂保持联系。

我们常光顾的印刷厂厂长总是带他的女儿来参加 CEAC 举办的每次展览的开幕式。十年前，她虽说还是个10岁的小姑娘，但每次她都会聚精会神地观看展览。如今她已有20岁芳龄，而且我还听说她想成为一名艺术家。可见 CEAC 的意义所在。

这几年来，CEAC 已摸索出了一些门道，并建立了相应的网络，由此能够实现形式各异的艺术作品和项目。艺术家的奇想永无止境。有的可能会渴望在千百万支香蕉里游泳。没问题，CEAC 会安排的，它有很好的香蕉关系。或者有人需要1500把伞来避免极度不快，于是就有了雨伞热线。另外有的艺术家因为想要蚕虫而夜不成寐，便有了"丝绸之路"。有的艺术家想给一家有上百名小学生唱歌的学校照相，这也被安排停当。一块漂浮的直径5米的比萨饼，也能在这里得以实现。按艺术家的设计做成的风筝，用无人能破解的个人合成语言撰写的报纸文章刊登在本地日报上，四不像的纺织品等等，诸如此类。

在厦门乃至整个中国，客户至尊。没有办不到的事情。无论艺术家的想法有多么怪诞，总能有办法来实现这些愿望。对于客户想要的产品，大家似乎不存在任何偏见。这当然让那些有具体要求的艺术家感到称心如意。

1997年，当我到这里定居时，每周两次，我都会被路过窗下的一个小贩的喊叫声或歌声叫醒，看看时钟，此时是早上6点半。过了一段时间，我学会了聆听这叫声，无论我怎样听，都只能听出：Life is impossible, congratulations!（生活是不可能的，恭喜你！）。我当然听不懂中文，但觉得这句话十分奇特。

几周过后，我决定在他到来前，在外面等他。原来他是个骑着自行车卖花草植物和种子的小贩。我这样跟着他，大约一个小时后，来到了他的终点站——一个植物园，旁边是他的小棚子。我走进园子，发现这里异常美丽，我在这里逗留了好几个钟头。那里可真是个美妙的地方，充满了异域情调。原来这是大家拍摄结婚照的最佳地点，因为新婚夫妇在这里比比皆是。

此刻我想：Life is wonderful, congratulations!（生活是多么的美妙，恭喜你！）

李梅 (Aurea Sison) 译

卢迎华
不停止的实践

在过去几年中，我经常受到西方艺术机构、博览会、研讨会和出版社的邀请，为他们策划、介绍或提供关于中国当代艺术状况的信息和建议，往往在一定程度上代表中国发言。鉴于中国在全球化市场中日渐增长的经济和政治影响力，她的文化和艺术领域也备受瞩目。在这些语境中，我试图从一个自省的、总体的角度来讨论中国的艺术生态，而这些讨论也似乎能够对增进世界对于中国当代艺术的理解有所助益。这些关注往往来自西方。西方的机构恰恰是具备了对中国的好奇心，而更重要是，它们也具有资金、资源、方法论和词汇来发起此类的讨论。虽然我在这种文化交流中获得不少的乐趣和灵感，但与此同时，我也越来越意识到在这些情境当中，在跟西方的观众和同事们交流时，他们总难免要期待我能够作为国家的代表而发言——回答和概括一些事实上用几句话是无法说清楚的复杂和细致的问题和状况——在这些情况下，我并不是一个在知识和精神上能够与他们进行平等交流的个体，而是一个信息的提供者。令人失望和不安的是西方很多的学者和同事也常常准备随时投入一场关于中国当代艺术实践和系统的讨论和评价，并且往往采用诸如全球化、后现代、后殖民等植根于发达的西方文化理论的词汇。这些被用来衡量中国当代艺术的价值标准毕竟都是在西方的语境当中发展起来的。除非我们也能对这个价值系统有所建树，在此之前，我们都无法平等地展开工作。

的确，在大多数的这些场合之中，我们无法在知识的层面上平等地沟通——这并不是从一个民族主义的角度出发所做出的结论。中国当代艺术总是被作为一个集体的概念来看待，相比之下，以个体的姿态和身份出现的机会比较少。同样地，在世界各地曾经举办过的与中国相关的展览或者是国际艺术杂志对于中国当代艺术的报道也都是以对群体性的呈现为主要方式的。在过去的十年中，很多欧洲和美国的城市和艺术机构都曾经举办过他们版本的"中国"展览和出现过中国热的现象。但中国毕竟只是一个现象，也只能以整体的面貌被呈现和消费。在国际上购买和展示中国艺术的热潮并不能真正反映和说明这个国家在艺术的思考和工作方面有任何卓越的表现，相反只是进一步印证了中国在经济上和社会上被日益重视的影响力。而对于西方来说，展示来自中国的艺术也只是出于表现他们所标榜的社会文化多元性并且颂扬他们在全球范围内的市场活动的需要而已。中国当代艺术仅仅是西方为了突出他们的活动范围和生活方式的国际化所需要的一张牌。2007年，伦敦的蛇形画廊、奥斯陆的阿斯罗カ力美术馆共同策划和制作了题目为"中国发电站"的中国当代艺术群展，并随后以同样的方式制作了题目为"印度高速公路"的印度当代艺术展，以及计划当中的对于中东当代艺术的集体性展示，这一系列展览非常集中地反映出这种"纪念品"式的对其他文化进行收集和展示的趋势和策略。

西方艺术机构对于来自非西方世界的艺术的短暂的兴趣在利用他们的机制和价值体系当中展示中国当代艺术这一领域达到高潮。一方面，对于西方机构来说，将中国当代艺术纳入展览项目之中是达到他们试图掌握描绘全球版图的权力的必要步骤。而这些项目在多大程度上、如何对中国内部的艺术实践产生影响则是另外一个问题。长久以来，很多在中国艺术界工作的人因此对西方的艺术系统产生了一种幻觉和崇拜，总是试图模仿西方艺术系统一些外在的特征并而无法深入地了解其背后的渊源和上下文语境。当然，积极的效应也是有的，在此之前中国当代艺术在结构上的欠缺通过这种学习得到了弥补，比如出现了当代艺术的画廊、美术馆这些之前并不存在的机构。很多艺术家也对西方艺术家创作的形式有所借鉴，虽然未必能够形成自己具有连贯性的思考，通常只创作出没有真正内容而只有躯壳的空洞的作品。尽管艺术家在创作中偶尔对社会和政治方面的题材有所涉及，但总的来说缺乏对这些问题更深层的认识和理性分析的能力，因而作品也流于形式。

随着国际艺术市场逐渐将对中国当代艺术的关注转移到下一个目标，其对于来自中国的艺术创作和思考的注意力也逐渐示弱。长久以来依赖于外部的、特别是来自西方的兴趣和机会的中国当代艺术生产和市场运作，在创作应该讨论什么以及是为谁而作等方面面临期待的落空和方向的缺失。目前，中国当代艺术似乎在经历一场集体的干旱，但这种知识上的匮乏有着更深沉的在社会和文化历史上的渊源，也造成了社会生活各个方面很多根本性的问题。艺术家与社会中的大多数人并无差别，他们对于政治和人权方面关心甚少，极少数人能称得上是真正的知识分子。中国的艺术界和知识界也少有批判性的态度和视野，在创作中和思考中也不具备自我审视的特质。

在西方也好、在中国和其他一些地区也好，一些人对于艺术和艺术史总是倾向于从一个西方的模式来进行思考，而这一倾向越来越受到包括汉斯·贝尔廷(Hans Belting)在内的一些著名的欧洲艺术史学家的思考和争论。在挑战艺术史这一概念的领域，贝尔廷是一个具有革命色彩的人物，他所涉及的不仅是在西方的语境中的艺术史讨论，他也针对我们如何看待在全球化的时代中创作的艺术。他甚至强调德国的视野是一个带有本土性的视角，而西方的艺术史是一个有时间性和适用于特定文化的概念，它对于其他时期和文化的敏感性和相关性应该被重新检验。贝尔廷最近在德国卡尔斯罗指导的一个工作坊提出了一个范式的转移，他提出我们不应该只把西方看成是唯一的，合适在全球范围内传播和运用的模式，而应该思考如何用来自其他地方的方法和经验拓展这一模式，更应该用不同的模式来看待和思考艺术。

这个重要的讨论触及了我们在中国工作所遭遇到的很多困惑和失望的核心。它提出了基层工作，培育一个多样化的既本地又国际化的本土系统的重要性。也许我们应该停止将本土看成是一个消极的、相对于国际化的一个对象，而应该认识到本土作为全球的一个有建设性的、必要的组成部分。这样一个系统的形成需要时间，很多的时间。而这个缺失，以及缺乏对需要时间和耐心的事物的承认在中国特别明显，它所信赖的是务实的原则和短期的效应。工作人员频繁地更替，画廊开了又关，艺术杂志被建立又被终结，项目被开启又半途而废。人们野心勃勃但在开展工作的过程中轻易失去远见和坚定的信念。到处充满妥协，不同的意见和声音，特别是不以市场为导向的兴趣总是遭到排挤和攻击。更加令人不安的是独立批评的空白，以学术分析为基础的批评、平等的精神、对于创造性和知识性的敬畏被个人的情绪和不加调查思考的肤浅的推论所取代。艺术学院、大学也不能够提供批评研究和讨论的平台和空间，艺术杂志也没有承担起这个责任来。在如此一个充斥着不专业、不自信、偏见和贪婪的系统中工作令人非常沮丧。它既不确定又很脆弱。意识到高度膨胀的艺术市场的回落对于中国艺术系统甚至是全球的艺术领域的振兴具有积极的作用的远远不只是我一个人。在中国，艺术的经济价值长期被误认为是与其艺术价值相等同的。这一观念急需被更正。是否能有其他的价值衡量标准？我们如何能在不同的层面上发展出多种类型的价值认可标准？我们如何能让这个系统形成多样的局面，从而权力和认可能够不只是来自一个源头，而应该有不同性质的来源？

这些对于艺术机制的思考使我能够从内心深处赞赏中国欧洲艺术中心的工作，这个艺术中心地处并非文化中心的南中国福建省的城市——厦门。这个区域性的艺术中心从成立至今一直致力于展示国际艺术家的创作，它的国际视野和长远的工作目标使其成为在北京相当集权化的艺术状况之外的一个不可忽视的力量。坐落在厦门大学校园之内的中国欧洲艺术中心将当代艺术的语境和讨论带到厦门大学的学生之间，也带给厦门的艺术社区，试图超越厦门由于与北京和上海在地理上的差距而缺乏对艺术的体验这一弊端。

中国欧洲艺术中心的艺术家访问计划和展览项目推动艺术家与学生和本地的艺术圈进行互动，这种无形的影响也许不会立刻显现，但从长远而言是绝对不可忽略的。中国欧洲艺术中心为艺术机构长远运作提供了一个可行的模式和借鉴。事实上，这种持久的工作是在北京和上海等主要的文化城市当中具有更多的资源、资金和机会的机构所无法企及，却迫切需要学习的。中国欧洲艺术中心似乎具有非常明确的目标受众，它在本质上是以当地的观众为对象的。它的运作也吸引来一个国际化的艺术群体，这些来自世界各地的艺术家、批评家和策展人对于该艺术中心所处的区域和文化语境有着特殊的兴趣。这正是建立一个健康的艺术机制所必需的：多样化的喜好、地理位置、角色、艺术生产水平、观众、机构模式、资金来源、权力结构和承认的机制。尽管为数不多，像中国欧洲艺术中心这种类型的非盈利和自发性的艺术机构在国内的逐步出现，正在拓展我们对艺术系统的想像和建构。

在同样远离北京、上海等中心城市的广东省省会广州市，虽然这个城市的艺术氛围距离这些中心城市中占绝对强势的画廊系统非常遥远，但生活和工作在这个区域的艺术家仍然能够意识到商业的力量和压力对于中国艺术的价值观的形成产生了不可扭转的影响。这种意识也驱使一些年轻的艺术家去开辟自己的空间，提出不同的工作方式。观察社就是其中之一，是艺术家策展人自发建立的空间。他们支付低廉的租金，把预算压缩到最低的限度，使得仅仅依靠三个创建者自身的投入就可以维持空间的存在。他们甚至达成共识：任何成员自愿将其通过其他渠道销售作品的所得的10%投入到空间的运作之中。目标只有一个：维持空间的运作使得他们自己有平台自由地、不受约束地展示他们的创作、开展自己的工作、自由地实践和交流。建立这个空间的两位艺术家和一位策展人都期待着将这个空间作为他们自己思考和试验的游乐场。

在过去十年中，在中国当代艺术的生产和传播当中，一个新兴的、尚未成熟、但能量巨大的艺术市场深深地卷入其中，整个行业弥漫着乐观的情绪和无限的诱惑。而在80年代全国上下所形成的大量独立的艺术小组、艺术运动、激烈的辩论，以及贯穿始终的对艺术所具有的无条件的热爱在这些年月之中被市场的噪音所掩盖，那是艺术的经济价值被引进之前由理想主义和天真的情怀所驱动的热情。今天的我们对于艺术系统复杂的关系和金钱所能推动的权力游戏有着更加真切的认识和体会。这种认知为我们提供了一个艺术家展开自发的运动和独立自主的艺术项目完全不同以往的平台，与此同时，它也带来了新的问题和挑战。以观察社为例子，它的模式并不新颖。它是一个艺术家自发建立的空间，但它的出现是在中国的艺术现状之下所应运而生的一种由衷的回应。这种现状包括了一方面对于建立一个艺术系统的基础设施——以庞大的展览空间和美术馆以及昂贵的设备为特征——的沉迷；另一方面，同样令人惊叹的是在各个层面上丰富和具体的艺术实验和理论生产的缺失。一些人急于争取获得为中国书写终极的当代艺术史的权力，并且纷纷组织各式缺乏深入研究和公正性的展览，试图推出和介定艺术大师，或提供过去几十年中某一个阶段的艺术史叙述。这些举动或多或少出自对权力的饥渴，以及功利主义的动机。更普遍的是，它常常伴随着对于艺术和知识生产所具有的超越实际和物质生产的特殊性的无知。

毕竟，艺术是一门需要学习和交流的特殊语言。仅仅为它提供一个装饰精美的居所是远远不够的，它真正要求的是深刻的学术研究和投入，被批判性地分析、挑战、辩论、重新介定、重新创造。艺术创作，为艺术工作的根本性的冲动和理想在市场赋予活跃在其中的人们的荣耀和权力之中被淹没和忘却。

金钱可能一度是解决问题的捷径，但对于我们所面临的困境而言，答案可能存在于超越物质层面的其他领域之中。位于杭州的一个艺术家自发组织的展览系列"小制作"的产生来源于一小群艺术学院的毕业生和年轻艺术家在工作当中面临展览、预算，对作品正式性的期待和市场的压力，而更重要的是，他们意识到艺术家之中所缺乏的真正的交流和辩论。"小制作"于2008年12月开始，这一小组在网络上发表了一篇以个人的角度、带着诚恳的态度书写的、平静却具有煽动性的宣言。在这篇宣言中，它的创立者以群体的姿态出现而不强调个人的名义，选择匿名而不自我膨胀，他们写到对于在没有经济支持或被间断的制作预算的前提下如何继续并且不牺牲他们的艺术实践的决心，以及对如何摆脱外部的条件对于他们的艺术实践和动力所产生的局限的设想。"小制作，不停止！"是他们所提出的口号，并在实践中得以贯彻。在数月之中，他们频繁地组织一系列的活动，邀请年轻的艺术家和艺术学院的学生们将他们制作的任何作品带来活动现场展示和交流。这些活动并没有局限性的主题或固定的展览空间。有时，活动以松散的烧烤聚餐为形式，他们随身带来作品，在餐后互相交流。这些活动也大多只有一天的时间。这些"展览"不存在对作品的筛选。他们在艺术家工作室、废弃的仓库里、画廊或网站上组织这些活动。活动的重点在于邀请很多的艺术家参与其中，并鼓励他们制作和展示自己的创作，而不要受到任何实际条件的束缚，为所有的作品和想法提供一个被观看的平台，更重要的是，创造一个有针对性的交流的语境。展览的开幕既是艺术家的聚会，更是对于参展作品和艺术家在创作中所遭遇到的问题的即兴讨论。"小制作"的精神在于创造一个轻松的、开放的和有活力的环境，年轻艺术家可以在没有约束和不惧怕失败的前提下尝试他们的想法。在这些活动中被展出的作品通常在体量、制作花费和外观上比较节制，甚至可能是脆弱的、一次性的、幽默的，使用相当常见的材料，不精细，有点天真，有时候甚至有点像小学手工课的作业。但这些小小的想法中隐藏着无法阻挡的激情，这恰恰是这个概念的出发点。艺术家们相信"做"的魔力，通过放弃以"事业"的心态经营艺术，在实践中探寻工作和展览制作的模式。暂时放弃正确地和在合适的语境中展示作品的需求。他们相信的是你应该在本能地驱动下去创作，却仍然保持着寻找介定和维持艺术实践的新坐标的警觉。

这些艺术小组和空间都是自给自足地，独立、观念上野心勃勃并且颇具挑战性，操作上实际可行也相当灵活。他们对于艺术在商业上的不确定性具有免疫力。新的艺术理想和成就不断强化和确认着这些艺术家自发实践的生命力。他们为本土艺术系统的构成提出更多在艺术实践和展览模式的可能性。但是，艺术市场仍然是中国艺术生产和评定的主要参照系，这常常使人们容易忽略这些艺术家自发行为的重要意义，因为他们在短期内是无法产生可被转化的商业利益的。在这种前提上，这些实践很难被人们已有的经验所理解、消化和归类。大多数本土的策展人和批评家也无法讨论或不会对这些实践产生兴趣，他们本身还在强烈地渴望着参与到主流和正式的机构的艺术活动当中去从而获得普遍意义的认可和合法性。他们甚至会简单地批评此类的活动太过边缘和世俗化。但正如"小制作"的宣言所提出的，"小制作是一个大课题。"它所呼应的是艺术家和策展人在实践中产生的具体的问题和思考，它与具体的地理或观念的语境有着密切的关联。他们的存在不是为了确立已有的经验，而是为了抛出疑问和引起好奇心。

我们如何在全球化的思考实践中不断地检验并给予我们自身的文化条件和语境以活力？更重要的是，我们如何在无须强调或依赖我们自身独特性的前提下成为这其中平等的一员？在这些思考之中，能够真正帮助我们的不是来自外界的关注，而应该是我们自律，在我们自己的实践和思考中展开批判性和带有创造性的工作。这也许能够为我们进入全球化的艺术语境提供一把重要的钥匙。

包乐史（Leonard Blussé）

厦门、鼓浪屿与厦门大学

厦门岛及其同名的厦门港在中国历史上占有独特的地位。几个世纪以来，中国商人和移民正是通过这个港口往返于故里和遥远的海外目的地。厦门有着如此特别地位的重要原因之一，就是中国封建统治者历来禁止自己的子民向海外拓殖移民。欧洲君主们激励他们的国民对外殖民，但是中国皇帝们却竭尽所能地将自己的臣民限制在国境之内，唯独允许东南沿海省份福建的居民移居海外，而厦门在他们的往返航程中扮演了一个重要的角色。这些都与厦门岛的理想位置有关，因为它坐落在福建省九龙江河口的一个宽广海湾内，正好与台湾岛相向，其北抵上海与南至香港的距离几乎一样远。在中国的其他城市，海洋并不那么易于被触知，且在中国没有任何其它一个地方会将外国风格的建筑与当地社会非常和谐地交融在一起，就像在厦门。

自20世纪70年代末中国共产党领导者邓小平推行改革开放政策以来，厦门（或旧称"陶大"）经历了翻天覆地的变化。破旧的老市区被拆除又重建，旧城周边的山丘被夷为平地，为一个接一个的城建新方案腾出空间。但与此同时，对可以欣赏到大自然之美的公园和景点的保护也得到了重视。被忽视的老城中心或许只有极少的东西遗留了下来，但城市对面的鼓浪屿却仍然保持了许多旧有的魅力。

厦门市政府尽其所能来美化他们的城市。在岛屿的临洋一侧，建有一条长长的环岛路，道路两边都雕列着大量的艺术作品。厦门市内，摩托车因噪音大、污染重被电动脚踏车取代，而任何配有马达的交通工具在鼓浪屿则被完全禁止。不久之前还破旧肮脏的厦门，现如今却作为中国最繁荣清洁的城市之一而出名。

中国许多城市拥有古老的过去，可是厦门的历史仅能追溯几个世纪。直到16世纪，仅有几个渔村的厦门岛只是用来充当军事哨所，以提防港湾内一些小岛上的海盗威胁往返于附近港口的船舶。数世纪以来，受保护的厦门泊地是个往返船只逗留以及商船前往热带岛屿之前装卸货物的天然良港。到了17、18世纪，厦门港扩展为链接邻近台湾及南洋（或南中国海，即菲律宾、越南、柬埔寨、暹罗以及印度尼西亚群岛等热带世界）各港口的中国海运主要枢纽。伴随着贸易活动，移居海外的势头也逐渐高涨。现今台湾的人口几乎全是福建人的后裔，而东南亚26万华侨当中不少于2/3以上人的祖籍都在这个省份。

根据其原名——中左所，即或"中央左驻军营地"，厦门显然曾经只是一个军事驻地。岩石上的巨大刻字，使我们记起过去海防官员对抗海盗的英勇事迹，不管是倭寇——16世纪的日本海盗，还是红毛夷——17世纪被称作红毛番的荷兰人。他们借助着装备精良的大帆船试图强行打入中国市场，甚至劫掠了厦门海岸。

1644年，满洲人占领北京，推翻明朝，建立了大清国。此后，他们不得不花费四十多年的时间来清剿从其他地方退据东南沿海地区厦门和台湾一带的明朝追随者。□□□势力由强大的郑氏家族领导，其中最著名的领袖就是明朝忠臣郑成功(1624–1662)，别名□□□□□□□浪屿改为旗下水陆师据地，并将其作为前往台湾的跳板。1662年，他赶走了已经在□□□□□年，清兵大举渡海，成功将台湾并入大清帝国的版图，和平重现。厦门□□运贸易最重要的港口之一，直至20世纪仍保此地位。

帝制中国的海外航运联系有些与众不同的地方。封建统治者只允许外国船只进入南部□□（Canton），但厦门湾为数百只每年借着东北季风前往东南亚寻求香料、胡椒和其他热带产品的中国帆船充当着唯一的航运枢纽。厦门湾并不欢迎外国船只，实际上，它们甚至不被获准进入该海湾。因此，当17世纪初第一批荷兰船抵达厦门海岸试图建立商业关系时，他们没被欢迎，很快就被迫转往福尔摩沙（意为"美丽的岛屿"，如当时欧洲人所称）避难。在37年的荷兰统治期间，这个殖民地发展成为荷兰东印度公司在亚洲最获利的领地之一。

自17世纪末，无数的财富追求者们离开厦门，前往台湾以及东南亚热带岛屿开创新的生活。厦门著名的南普陀寺和附近地区其他庙宇的墙上所刻台湾、菲律宾、印度尼西亚和马来西亚等地捐赠者的铭文，清楚地表明这些移民从未忘记自己的祖籍国，如同见证于他们仍然送寄家乡的丰厚赠礼。

当1842年第一次鸦片战争结束后中国被迫向西方航运开放数个海港之时，厦门便是条约港之一。鼓浪屿则被选为外国商人安全居留点。位于爪哇岛的荷兰殖民当局也决定在鼓浪屿驻派领事，以监管厦门与印尼群岛之间的贸易。对首任领事英国人泰特的任命并不成功。他非法招募苦力和契约劳工，违背其意愿地将他们送往遥远的殖民地。他被一位对科学有着狂热兴趣的年轻殖民官员格莱斯所替代，其最重要的职责就是监督一批由荷兰政府派往厦门学习中文的学生。作为翻译员，这些学生将是殖民政府与爪哇及荷兰殖民帝国其他岛屿上的中国移民之间的中介。不像其他汉学家那样学习的是被清朝官吏当作官方语言使用的北部方言——官话，荷兰学生学习闽南方言，这正是移居印尼群岛的大部分华人所用的语言。其中一位叫亨利·波莱尔的学生写有一篇关于他于19世纪80年代在厦门学生生活的记载。其中详细描述了他如何从位于一块被称为"白石头"巨岩顶上自己漂亮的住房里向外眺望，可以观赏到整个鼓浪屿、厦门港及海湾。那段日子里，鼓浪屿上已经居住了许多外国商人和来自爪哇及菲律宾的巨富华侨，他们以糅合东西方典型混合建筑风格的方式修建了富丽堂皇的豪宅。其中大部分仍然保存至今，且经过多年忽视之后近来已被修缮一新。凭借其令人印象深刻的悬崖峭壁和茂密的植被，美丽的鼓浪屿成为一方宁静的绿洲，与海湾对面的厦门形成鲜明的对比，后者当时作为中国最肮脏的城市之一而出名。另外一位造访厦门的常客是荷兰诗人扬·雅各布·斯劳沃霍夫，他曾经因为太阳无法照射到狭窄的街巷中而形容厦门"肮脏而神秘"。在这些街巷中，两名行人几乎无法并肩通过。

1920年，当波莱尔重返厦门时，这一现象有了很大的改观。在一本冠以炫耀标题《美丽的岛屿：有关中国智慧与美丽的第二本书》的书中，他讲述了厦门地方政府在1911年辛亥革命后开始将此低水平城市变得拥有更加体面的外观。几年之后，一家荷兰工程公司重建厦门海堤，也就是供渡船停靠海滨沿线的堤防。由于潮汐和海浪的侵蚀，这里的码头不断塌陷。那时，斯劳沃霍夫的轮船定期停靠厦门。身为这艘经营爪哇——中国——日本航线的荷兰轮船（后改称为渣华邮轮）上的医生，他负责数百名往返于苏门答腊和中国之间的契约华工的健康。每当轮船停靠厦门时，他便混入拥挤的人群中在市区狭窄街巷里闲逛，或前往宁静的鼓浪屿。奥特医生，一位荷裔美国人，在那里开设了一家名叫霍普·威廉敏娜的教会医院——救世医院。对于斯劳沃霍夫来讲，每次前往鼓浪屿拜访朋友和同事都是一次放松自己的绝佳机会。坐在巨贾林尔嘉如田园诗般的花园里，他发现这就是他自己所认为的天堂，并立即在其挽诗《春岛》中大加赞美。这首诗最近以中文形式得以出版，并配有马可·戴文达所拍摄的优美照片。

在动荡的19世纪20—30年代，许多定居东南亚的华人富翁们一年当中会到厦门消磨几个月的时光。他们在此建造了大量融合东西方建筑风格的豪华宅邸，并添置了许多来自欧洲殖民地各种异国风格的物品，如钢琴。如果你夜间在岛上漫步的话，可以听到处处飘来的钢琴之声。因此，鼓浪屿也被昵称为"钢琴岛"。然而毫无疑问，对厦门社会最有价值的补充则是由殷实华侨陈嘉庚于1921年在厦门创立的厦门大学。二战前夕，包括鲁迅、林语堂在内的许多著名学者和作家都曾在此任过教。

上世纪30年代至70年代间，厦门和鼓浪屿屡次成为各种动荡事件的舞台。先是日本人的占领，接着是1949年人民共和国的成立导致了鼓浪屿有钱居民的大规模外流，其后是1966年开始的"文化大革命"使厦门大学停滞发展达十年之久，最后就是与占领台湾及金门岛的国民党旷日持久的军事对抗。炮火持续鸣响直至60年代末，但是在1978年这一紧急状态结束之后，局面又大致恢复了正常，而现如今彼此双方甚至可以跨海互访。

当我在1980年作为首批外国□□□□厦门大学时，这座城市仍破旧不堪。鼓浪屿及其残破的宅邸没有丧失一点点忧郁浪漫的格调。□□□□却是充满着建设者们的熙攘热闹之声。曾经在"文化大革命"期间为使大学"自给自足"□□□田的校园中央，现如今已被改成一座人工湖，而学校所迈出的第一步就是为教师和学生们提供□好的住所。

如同中国人所说的那样，过去30年真是光阴似箭。厦门已经成为中国最繁荣、规划最好的城市之一。鼓浪屿上也充斥着重建的工作。拥有超过两万名学生的厦门大学成长得很快，在过去几年里已经没有多余的空间来兴建大楼了。因此，位于漳州湾对岸的第二个校区近来已向本科生全面开放。20世纪90年代成立的厦门大学艺术学院，坐落在拥有极佳港湾景观的旧校区内最美景点之一的地方。1999年，中国欧洲艺术中心（CEAC）便在这一秀美的地点成立。在此，驻任的艺术家们展示着他们的作品。

你可能会说这极具象征意义：就在四百多年前中国人和红毛番们还刀枪相见的同一岸边，现如今他们却已肩并肩地辛勤劳作在精美艺术之中。

有关创造的另一个故事

每当我前往阿姆斯特丹世界贸易中心附近的火车站时，其入口处前方花圃里的一个带有巨幅火山岛照片的广告牌总是让我情不自禁地想起了伊尼卡·顾蒙逊。广告牌背面附有大字体的解说，讲述了一个有关叙尔特塞岛于1964年11月的一个清晨如何在几个被惊得目瞪口呆的冰岛渔夫眼前突然从海平面升起的故事。附近还可以看到其他一些像这样的广告牌。我没有看完所有10个广告牌，但每张照片都呈现出世界最新岛屿上的另一月球景观。所有10个广告牌的方位象征性地勾勒出叙尔特塞岛的海岸。这项设计的创作者是伊洛第·希瑞祖克和苏德·范·乌佛伦。

是什么让我想起了伊尼卡呢？这个发现叙述在广告牌背面，且不只是因为一个姓顾蒙逊的人所起到的作用！　此外还有一个描述粗略的故事。1964年11月的一个夜晚，　一艘渔船停泊在冰岛以南的费斯特曼岛。其中一名叫阿尼·顾蒙逊的船员在入睡前上到甲板上想呼吸新鲜的空气，但所吸到的空气却渗透着一股浓浓的硫磺味，于是他又蹑手蹑脚地返回甲板室，爬上自己的床铺。

次日破晓之际，西古杜·索拉林森船长发现该船四周的海水已变成褐色，一股烟雾从海平线升起。对这飘升的烟雾充满好奇的渔夫们看见，在一片令人难以忍受的轰隆声中，一座完整的岛屿正从大海中升起。透过海事电话，海岸警卫队获悉了这一独特的自然现象。该船长在目击了这一奇异景象后说了一句令人难忘的话："我们所见到的这一切闻名遐迩 。"

现在该轮到伊尼卡登上舞台了。她也看到了新大陆的产生，而这次却是她自己创造的——带着荷兰风格。一位法国作家曾经说过："上帝创造了地球，但荷兰人创造了荷兰 。"历史重演着，但从未以完全相同的方式进行。

以下是伊尼卡令人惊奇的故事

1997年，冰岛雕塑家思故都·顾蒙逊和他那位来自荷兰西弗里斯兰省的妻子伊尼卡·威达来到厦门，在当地几位石匠的帮忙下为荷兰格罗宁根市创作艺术品。短短几周的时间，思故都和伊尼卡的心就遗落在了这座岛上，正如几十年前作家波莱尔和斯劳沃霍夫。顾蒙逊夫妇在一座海滨别墅里安顿下来。思故都借着自己丰富的灵感撰写着自己的第二部冰岛语小说，而伊尼卡也没闲着。在结识了厦门大学艺术学院的院长之后，伊尼卡有了与该院长共同成立中国欧洲艺术中心的想法。这是一个有关一位欧洲女人的惊奇故事。在一个她不会说该国语言但对于理解当地文化规范和价值却完全没有困难的国度里，伊尼卡创造了一件伟大的事情。在过去的十年里，她在大学里为中欧艺术家们成立了各种工作室。这种组合为伊尼卡在其四周创立的艺术之岛建立起虚拟边界。

显然，在预算如此紧张而所负责的中欧艺术家组合又不断变化的情况下成立中国欧洲艺术中心，对伊尼卡来讲一直以来且依旧是个巨大的挑战。我有时想，虽然对于正确理解当地人所说内容似乎没有问题，但不会说中文对伊尼卡来讲可能反而更好。因为除了感谢她所做的一切外，有时当然会传来一些对于不喜欢改变而宁愿每件事物都能尽量保持原貌的人们所发的牢骚。

自从1980年首次访厦以来，我几乎每年秋季返回厦门大学做研究和任教。30年来，我能够亲眼目睹邓小平先生的改革开放政策如何将一个破败的海港彻底改变成一个美丽的现代化城市，以及有着迷人海滨校区的厦门大学如何扩建为中国最好的高等教育机构之一。在这个发展进程中，伊尼卡也发挥了一份有益的作用。厦门市政府经常向她请教有关文化方面的事务。中国欧洲艺术中心也帮忙打开了通向欧洲艺术界的大门。由于伊尼卡的倾心倾力，许多有天资的中国学生和艺术家们得到就读荷兰里德维尔德学院(the Gerrit Rietveld Academy)和桑德伯格学院(the Sandberg Institute)的机会，各类华人艺术家能够在荷兰皇家艺术学院驻留两年。过去十年间，有超过百名的年轻欧洲艺术家前往厦门和秀丽的鼓浪屿寻找新的灵感。他们在此创作的艺术作品使他们享誉全球。他们就是伊尼卡的广告牌！

我所看到的这些可能并非闻名遐迩。但愿我的这点小贡献将是朝着正确方向迈出的第一步。

刘勇 译

自从被让－于贝尔·马尔丹(Jean-Hubert Martin)邀请参加大地魔术师展(Magiciens de la Terre)，黄永砅就一直生活在巴黎。他的大型装置和雕塑在东西方的各大博物馆展出，其作品在精神上对政治和艺术史作出评论，尤其是对西方艺术家，例如波依斯(Beuys)和凯奇(Cage)。1982年，黄永砅开始了自己的艺术生涯，成为厦门达达运动的领袖人物。这个艺术家团体通过与西方现代主义以及中国传统思想的对话，反对中国官式艺术。最近，黄永砅的主题法在Frolic得到证明——Frolic是在巴比坎艺术中心(Barbican Arts Centre)举办的一个关于19世纪中英鸦片贸易的展览。

黄永砅对编辑解释道：＂＇Frolic＇是新英格兰的一艘船的名字。19世纪中叶，这艘船把鸦片运往中国。我的展览以此船命名；它就像一叶渡轮，由此及彼。这个展览展示了在中国吸食鸦片的各种工具和英国东印度公司的鸦片库房。展览中没有显示人物形象，唯独只有一个＇人＇躺在鸦片床上，那是英国前外交大臣劳德·帕麦斯尊(Lord Palmerston)的雕像。他是那个时代的＇强人＇，我在国会广场中心见过他的雕像。在19世纪，鸦片贸易成为第一次跨境经济业务。他们在印度种植鸦片，然后向中国倾销。今天，这些＇假鸦片＇在中国制作，而后被运到伦敦＇展出＇。没有全球化的过去和现在，我们的所想所为将是令人费解的。＂

黄永砅每年都要回到他在厦门的工作室，与助手们一同工作。秦俭借此机会对他进行了一次访谈。

秦俭：6月份我在北京＂尤伦斯当代艺术中心＂看了＂占卜者之屋：黄永砅回顾展＂。看完之后获得的一个突出印象是：你的作品主题似乎总是涉及到与某一词语概念有关的悖论关系。从你的早期作品到近期作品，这一特点一直是清晰的，稳定延续的；但另一方面，在你的作品中，元素的选择与运用始终处在一个不断变化的不确定性的状态。由此，我想问的第一个问题是：是否可以说，你的作品的＂实体＂首先来自某种思辨？

黄永砅：自古以来就有这么一种说法，把一个物质的东西传递给他人是很容易的，把一个理念传递给他人却需要一定的技能。当然，把理念传递给他人也存在各种各样的方式。艺术家也许是把理念转换成物质，但怎么来区别纯粹的物质和带有理念的物质呢？艺术家是不是首先通过词语，通过思辨才达到＂实体＂的作品？或许实践中的情况往往相反，如果一个艺术家也同时喜好词语或文字，这样他的＂实体＂作品中的词语关系就更加复杂，因为他把＂实体＂作品看作是词语的一部分，或是词语不只是文字，它几乎就是实实在在的物质。

秦俭：《易经》是你创作思想的源泉之一。说到《易经》，你曾经提到过＂偶然性和必然性＂的关系。这里，我想用＂可能性与随机性＂来取代＂偶然性和必然性＂来解读你的创作。可能性与随机性——与必然性和偶然性相比——的含义似乎比较接近，但实际上是有区别的。甚至有着相互矛盾之处。我想以你早期的一件作品为例向你提出一个问题，＂转盘＂这一行为给出的内涵更多涉及到的是可能性？还是随机性？　还是两者兼而有之？

黄永砅：谈到易经，让我们来看占卜的过程：一开始我用两手抓住占卜的49根铜棒，然后把它们分成左右手两把，这一瞬间你是无法算计的。你的左手是偶数，还是你的右手是奇数，有可能左手抓住21根，右手则抓住28根，也有可能左手抓住30根，右手抓住19根，我们可以称之为＂偶然性＂，或＂随机性＂，或＂可能性＂。但这一＂偶然性＂、＂随机性＂或＂可能性＂却带来占卜结果的必然性，或规定性，或唯一性。这就是我们理解的＂偶然性＂和＂必然性＂。＂偶然性＂同时是＂必然性＂，或是说偶然性决定了必然性，或是说必然性包含着偶然性。我们不能分开这两个看上去对立的概念。至于早期的＂转盘＂，它来自于一个更为简单的需要，要创造出一个系统来＂推迟＂或＂阻碍＂自我的产生。

秦俭：如果说，随机性是让＂他者＂介入的一个契机，他者便意味着艺术家需要对由随机性导致的任何结果迅速做出反应。这里，又涉及到不确定状态中的位置问题。即你在哪里打住，做出怎样的选择和决定。

黄永砅：让＂他者＂介入是为了＂疏忽自我＂。这一介入将贯穿整个过程，而不是只开启一个开端。以＂转盘＂作品为例：一件转盘的作品怎样才能完成的？即你说的＂在哪里打住＂，用转盘转八八六十四遍作为画面的结束，即作品的完成。当然情况更为复杂，必须是对画布、颜料、构图以及笔法一一进行编码。这一＂他者＂不是别的，就是＂数字＂。把所有的选择和决定委托给＂转盘＂，对随机性导致的任何结果一是不需要作出任何反应，二是全然接受。

秦俭：你曾经说过这样一句话："我生活在西方，但同时我又不是西方人；我使用我熟悉的文化作为源泉，但我又不生活在这种文化的现实之中。这种尴尬却给出一条出路去超越二元对立。"你用"双重他性"来解释自己所处的生活境遇。你的这番话显然涉及到"文化身份"的问题。

黄永砅：鉴于目前全球流动的状况，许多人打破了与原来无可置疑的简单的、自然的身份问题。我指的是简单地被划分为"中国人"或"荷兰人"或其他等等，而处在我称之为"双重他性"的不确定之中。但是"文化身份"是不是可以代替以往的自然的"身份"，成为稳定的，更深层的，可以被认同的"身份"？ 我觉得这也是一种幻想，"文化身份"比"自然身份"有更多的歧义。我使用中文，但中文本身并不能够成一个文化，我们可以使用同一个工具箱，但我们使用的目的和结果可能完全相反而毫无共同之处。

秦俭：你的解释与艺术创作中的个性特征的发展与显现有关，我在很多场合说过，"个人的声音"是中国艺术家需要面对的一个实质性挑战，从这一要求看，我们今天看到的国内艺术市场的繁荣实际上是一个假象。它使我联想起在不同的历史阶段曾经发生过的诸如"三面红旗"，"大炼钢铁"……大跃进运动。这些运动具有的一个共同特点是，"运动"让很多人迅速改变形式，但却以同一种态度来应变，它缺少个性化的声音去思考哪怕是一些微不足道的问题。

黄永砅：是这样。表面的繁荣，衰败已在其中。当代艺术成为一种产业，成为一种生财之道，这样就变成一件很多人都做的事情。不是说少数人做的事情才是有价值的，但多数人总是可怀疑的，尤其是当它成为一种热潮，或是一种"运动"的时候。

下面的问题是本书编辑针对像"中国欧洲艺术中心"这样的非营利艺术空间的性质提出的问题。

黄永砅：很难简单地划分营利和非营利的艺术空间，有些标榜为非营利却是通向营利的门坎和招牌。只不过是社会、市场的分工不同而已。艺术中的普遍衰败也不能完全归因于日益繁荣的商业性，就像秋天已到，树木不得不凋零，真正的艺术家的出现和真正的艺术作品的出现既不靠营利的艺术空间，也不靠非营利的艺术空间，就像春天来了，树木不得不发芽。

问题：现在有许多的年轻人到欧洲进行交流，到艺术学院留学，驻留项目，你觉得这样的模式是不是积极向上的发展？

黄永砅：就像现在很多人出国观光旅游一样，这无可非议。但由此而想成为一个艺术家，那是另外一回事。

问题：如果你仍然居住在中国，没有去居住在法国，那你的发展会有所不同吗？

黄永砅：对于这种假设，我没有肯定的答案。唯一可能肯定的是如果我仍然居住在中国，就不会有今天的访谈。

尤斯·郝威林(Jos Houweling)
艺术可以飞翔

每个人都知道,艺术可以飞翔。它飞入又飞出艺术家的头脑。而艺术也需要着陆点。中国欧洲艺术中心(以下简称CEAC)就是艺术在中国的着陆点。它因飞机起飞、降落、停留而喧闹。本文就是有关荷兰桑德伯格学院与中国CEAC之间的航班。双方的合作关系始于一个帮助设计硕士课程的邀请电话。2000年4月,我造访了CEAC。途中,我的座椅不断缩小,而我却变得越来越胖。在厦门,四处是芭蕉,这是另一个世界。次日,有一个展览在CEAC开幕。开幕仪式上有三个演讲。厦门大学的副校长把伊尼卡·顾蒙逊与她的艺术中心比作美丽的花朵,并为这些花能在他的大学盛开而感到自豪。此后,是为纪念厦门大学建校80周年而举行的晚宴,有8000人应邀参加。晚宴是自助餐形式的。我舍弃那些瘦平乳猪,到鱼块那边排队。许多人在排队时就开始进餐。这主意不错,因为晚餐一下子就结束了,每个人都得离开会堂。

2000年4月,莱姆·德·沃尔夫(Lam de Wolf)和我应邀讲授新媒体和录像课程。学生们特别想了解新媒体是什么。可惜当时没有设备可展示,只有一台无法放映的幻灯机。而今,在厦门器材应有尽有。因为我们当时空着手,我和拉默就让学生们构思一分钟录像并绘制场景。CEAC的一位朋友用他在史希浦机场刚买的相机把学生们的设想录了下来。在阿姆斯特丹,桑德伯格学院的伊尼卡·巴克尔 (Ineke Bakker)将这些图像剪接成真正的一分钟影像,然后寄回CEAC。其中有个录像曾在数个艺术节上展出。浪漫的乐曲声中,走来一个潇洒的年轻人,头发梳理整整齐齐。他走近,停下站立片刻,擦了擦鞋子,摘下一朵花,再继续前行,然后看见一段高高的楼梯。楼梯使他退却,随后他转过身来。人人时而都会遇到这样的阶梯。它是一种隐喻。事实上,那是在CEAC里的那段楼梯,通往展览空间,由此你可以见到你看不到的东西。首批一分钟录像成了定期往返航班的起端。一分钟协会发展成为一个微型的国际活动,CEAC对此功不可没。通过CEAC,一分钟影像与中国中央电视台(CCTV)联系到一起。在2001年,CCTV摄制组来到阿姆斯特丹,制作一个有关桑德伯格学院的节目。节目以瘦桥、运河、伦勃朗、凡·高等镜头开始,然后过渡到桑德伯格学院,介绍了我们的教学方法、艺术派展览和那年的最佳一分钟录像颁奖仪式。该节目在中国多次播出,据CCTV节目制作人孙先生的非官方统计,如今有四亿人中国人知晓桑德伯格学院。我们开始了师生的交换活动。学生有三个月的驻馆时间。2002年的教师凡姆卡·斯卡普(Femke Schaap)和夏克·迪姆(Sjerk Timmer)描述道:"当时大家热切期待开始。在第一堂课上,我们给每个学生买来了一个大土豆,布置的作业是制作一个有关土豆的电影。学生们交来了30部土豆影像,其中有些作品非常独特。"这些录像后来在乌特勒支的中心博物馆展出。

2003年的教师玛吉特·卢卡斯(Margit Lukács)和波塞尔·布罗森(Persijn Broersen)描述道:"这里的校园就像天堂,到处是整齐的人行道,之间是精心修剪的绿茵草地、竹子、奇异树木、游着鱼的小湖,崭新对称的建筑与田园式的中国老房子相映成趣,而且那里总是阳光灿烂。""昨天来了12个人,而今天却来了18个人""王同学正忙于制作一部关于一个挂在晒衣绳上的人的录像。他为如何制作绞尽了脑汁,为这部短短的录像他已忙碌了好几天,并录制了十次。"研讨会结束时,颁发了各种奖项。林美雅荣获最佳录像奖。她后来继续到桑德伯格学院和皇家艺术学院深造,现在担任在中国各地组织的一分钟影像研讨会和展览的协调人。

2004年的亮点是最佳录像颁奖仪式,参赛录像来自世界各地。颁奖仪式在厦门举行,由福建电视台参与合作。他们提供器材和最知名的主持人。会堂拥有3000个座位,是阿姆斯特丹Carré歌剧院的两倍。颁奖之间穿插了音乐、芭蕾舞、歌剧和喷放烟雾等节目。过后,由大学校长致赞辞。获奖者之一维娜(曾就读于桑德伯格学院)的录像作品,以高速录制的方式,表现了一个有红绿灯和汽车的十字路口。汽车的运行状态极为惊人醒目,使人联想到飞行中的动物。该录像将于2010年在上海世界博览会上播放。这次颁奖式后,一分钟影像的合作重心转移到展示视觉艺术。厦门大学硕士课程成为在荷兰艺术派展览的固定参与者。同样,桑德伯格学院每年与厦门大学艺术学院的学生在CEAC共同办展。年轻的艺术家向世人展示了他们在玛耀·凡·巴尔(Marjo van Baar)的指导下创造的最佳作品。在CEAC举办的联合展览由一系列讲座开始,参展者们互相讲解自己的作品,侧重于探索创作成熟作品的道路。如何获得灵感?荷兰人与中国人对此应当学会相互理解。一位荷兰参展者觉得合作起来像是在玩一出没有规则的游戏。"因为无法用言语解释,与中国人一起办展览真的是全新体验。以互相期待、互相调节为开端,还要接受令人无法理解的理由。但与此同时,能看到中国艺术家如此热情和豪放,也是令人感动的。"汤姆·黑勒瓦热(Tom Hillewaere)展示了一支悬浮的毡头墨水笔在绘制一幅抽象画。参观者们纷纷给朋友们打电话，让他们马上过来观看。当时的观众足有三排之多。

阿里克·菲舍尔(Arik Visser)有2.10米高，是一位来自荷兰格罗宁根省的巨人。阿里克意识到，无论自己制作什么作品，中国人看的不会是他的作品，而是他本人。这使他想出了一个主意，在台座上站着，这使他显得更加高大。然后在自己的旁边为一位"客人"也设了一个台座。然后，阿里克和"客人"合影。阿里克完全可以在中国继续这样表演一辈子。将来如何？多年后，我们就可以在阿姆斯特丹的城市博物馆的100万张相片中看到阿里克。

回到现实中来。对于联合展览中的参加者来说，他们迈出了个人发展过程中的重大步伐。在远离家乡的环境中，他们的天资得到了提升。与中国学生的对话使他们学会了另一种思考方式。这是他们永世难忘的一次经历。桑德伯格学院极为重视与CEAC的合作。正是由于CEAC，桑德伯格学院与中国相遇。

前景

在中国组织艺术派：一个由年轻艺术家和国际硕士课程学生参与的艺术展。它是非赢利性的，但确有新进展和新视野。欲知详情，请参阅《艺术派》一书。该书由厦门大学艺术学院与桑德伯格学院共同出版。

我还在考虑设立一个艺术、媒体及设计的硕士课程，由CEAC监管参与。此课程一半在中国进行，一半在荷兰进行。它应当珍视陌生领域，有开拓性、实验性和极为重要的实践性。它应当是一门重新发现艺术规则的课程，一门培养新一代艺术家相互学习的课程，也应当是一条没有障碍的飞机跑道。我建议2010年开始此课程。

一架我们自己的飞机，机身两侧印有辉煌的CEAC金色标志。

CEAC的秘诀是什么呢？那就是伊尼卡·顾蒙逊和秦俭。他们是英雄，是倡导者。秦俭教授如今在桑德伯格学院拥有系列客席讲座。

CEAC将一如既往地成为通向艺术、通向奇遇、通向冒险的旅程。

李梅(Aurea Sisson)译

陈卓

中国欧洲艺术中心：十年的合作 （中国人对中国欧洲艺术中心的回应）

十年前，伊尼卡创建了中国欧洲艺术中心(CEAC)，旨在开启和激励中欧艺术家之间的对话与交流，为他们提供一个创作及展出作品的平台。把一个欧洲艺术中心带到厦门的计划，是为推进当地人们对艺术的欣赏和对来自不同背景和文化的人们的艺术作品的理解。把中国欧洲艺术中心与厦门大学联系在一起有利于进一步强调艺术中心的知识及艺术目标。那么，十年之后，中国欧洲艺术中心发生变化了吗？在厦门和中国欧洲艺术中心，人们对艺术的总体兴趣尤为增加了吗？也许更值得探讨的是，中国欧洲艺术中心是如何被当地社会所接收的。

十年前的厦门是个截然不同的地方，一个仍披着往时风衣的转型城市：一个渔业社会努力面向两个发展方向，既为传统遗产而自豪又为未来前景而兴奋。那时，在当地有意义的东西方艺术合作真的是微乎其微。正因为这个原因，厦门文化在面对迈向现代化无懈斗争的同时，非常受困于如何努力地保护自身传统。这种困惑至今尚存。于是，中国欧洲艺术中心顺时而现……

十年来，中国欧洲艺术中心接待了许多东西方有名的艺术家，他们灵感丰富，思维新兴，极具创造力和挑战精神。这些摄影师、作家、视觉艺术家、音乐家、雕塑家，往往是第一次踏上中国土地就受启于新环境，在他们的第一次东方经历所带来的晕眩中创作出作品。这些经历充满了大量信息和新的理解（或是偶尔的误解）。

他们对全新文化的阐释和表达，在其新作品中得以展现。作品在中国欧洲艺术中心里创作和完成，带给观众的有时是敬畏和惊叹，有时则是不悦和迷惑。无论如何，在缺乏数量和质量数据的时候，仅凭经验是很难充分估测艺术被感知和评价所带来的冲击力。"有人在意吗?"，你也许会问。要回答这个问题，有必要关注当地艺术界所发生的一切，并要在全国范围内进行比较。

毫无疑问，在厦门，人们对艺术的兴趣已经在稳步提升。中国欧洲艺术中心一直是一个对任何愿意迈进其大门的人开放的地方。学生、游客、收藏家、艺术家、孩子、老人、好奇者……一旦迈进了这扇门，就会开始提问，尝试理解，并作出回应。从这个意义上讲，他们分担着艺术家的某种压力，这种压力源自艺术家一种极力想阐明而又恰恰徘徊在理解之外的东西。与当初中国欧洲艺术中心悄然启动时相比，愿意提问的人数已经大有增长，现在已经形成了一个颇具规模的艺术热爱者和艺术崇拜者的队伍。好奇者更加好奇。这种现象在西方访客和东方访客中同等出现。联系已经建立，可能性已经被发掘，合作已经实现。从此，一个厦门艺术发展的新纪元产生了。这个新纪元无疑受启于其对西方影响的敞开，同时凭借自身力量而显得自信和极具创造力，充满对被认可的想法和渴望。

在艺术方面，厦门还不及上海或北京的分量，她还没有加入那个同盟。但是至少现在她已经有了几位训导者，并正走向起跑架台。中国欧洲艺术中心在这方面功不可没。毕竟，是中国欧洲艺术中心一直在起着举足轻重的作用，创造机会让人们可以观赏，艺术家得以展现，并满怀憧憬坚持去实现梦想。

人们终于开始关注并承认伊尼卡的艰辛工作和先驱作用。脆弱的灵魂也许早就放弃了。伊尼卡则是一位具有献身精神的馆长，充满了对艺术的热情，坚信着自己的事业。不足为奇，当地社会追随着她的热情。她改变了一些人的生活，转变了他们的看法，帮助他们塑造艺术之梦，从知性上和情感上挑战了他们的理解力。

如果十年后中国欧洲艺术中心仅仅实现了让更多人去对艺术世界进行思考，并思考艺术是如何丰富他们的生活，那么这一切都已值得。然而事实上中国欧洲艺术中心实现的远不止这些。过去几年里，新的画廊开业，更多的艺术家来到这个充满热情的当地环境中创作作品。

艺术之芽正在萌发，并在致力于开发当地创造型工业的地方政府的大力支持下茁壮成长。吸引艺术家前来厦门，通过审美情趣的发展及工作的更多展现来刺激对艺术及艺术品的需求，是一个长远目标，一个十年目标。中国欧洲艺术中心的工作已经形成了清晰的冲击力，并继续提供方向，在当地艺术界的转变中起到催化剂的作用。接下来的五年对厦门和中国欧洲艺术中心来说至关重要。中国欧洲艺术中心的15年庆典将成为有意义的里程碑。

夏昕 译

来自《厦门日报：双语周刊》的声音

《厦门日报：双语周刊》于2002年刚刚成立之不久，我们收到了来自中国欧洲艺术中心当代艺术展的邀请信。那时，当代艺术对于大多数中国人来说还是个新奇的概念。他们对此毫无所知，尤其是在厦门这样一个封闭的岛屿城市。

所以我才会惊喜于中国欧洲艺术中心的所为：定期组织外国艺术家的当代艺术展览。难以置信的是，他们坚持了十年。作为一个参加了多次中国欧洲艺术中心展览的记者，我和众多观众一起成长着。漫步于作品之间与艺术家交谈，真是其乐无穷。开始时，我们总是倾向于去探知每件作品背后的故事。渐渐地，我们学会了运用我们自己的思想和感觉去评价艺术作品。

同样令人惊奇的是，除了发展出大量的忠实观众，中国欧洲艺术中心在这十年中还扶植了很多年轻的中国艺术家。感谢艺术家驻馆项目，国外的当代艺术家被请来与中国同行相识，分享他们对艺术的欣赏，并通过频繁的交流和交换来加固彼此的联系。

感谢伊尼卡·顾蒙逊女士，感谢秦俭教授和中国欧洲艺术中心的工作人员。感谢他们的远见，他们的不屈不挠与坚持。中国欧洲艺术中心已经成为艺术爱好者的胜地。祝中国欧洲艺术中心前途更加光明。

夏昕 译

保罗·贺夫亭 (Paul Hefting)
从一无所有到硕果累累

1999年，我乘飞机到福建省厦门市，甫一降落便看见一座富有西方风格的现代化机场。就像世界上大多数的机场一样，厦门机场的外观美学与实用并重，但似乎没有其他过人之处。通往市中心的高速公路极具气势，看来会适合举行大型的阅兵仪式。市中心有不少新建的高楼大厦，亦有一些灵感显然来自西方的19世纪的建筑风格。市内较古老的地段则仍然保留着中国特色的风貌，但是为了腾出位置来建造更多的摩天大厦，那些古色古香的中国建筑往往难以逃避被拆除的命运。厦门是一个繁忙、有活力的城市，这亦是厦门大学及艺术学院的所在，可谓人杰地灵。

我不禁幻想着当年第一批荷兰水手踏上这片土地时的情景。当他们乘船驶入港口时，所看到的大概是一个迥然不同的景象吧？那是昔日的中国，远东的一个帝国。葡萄牙人在1557年得到明世宗的准许在中国南岸的澳门半岛上设立商业据点。在16世纪末出航前往中国的首批荷兰水手便是受雇于葡萄牙人。

1622年，荷兰人的船队试图征服澳门半岛却败北而回。他们继而在澎湖群岛上建造了一座堡垒，打算以那里为基地袭击厦门沿岸一带（当时厦门被称为下门）的岛屿，并重新尝试建立贸易关系。有关荷兰船队的事迹可见于船长威廉·爱司伯朗森·班德固(Willem Ysbrantszn Bontekoe)的叙述：

"1623年：10月28日，我们来到了我先前所提及的河流，把船停泊在一个岛屿旁。岛上除了一名老人之外，所有居民都已逃离。我们冀望有人会从下门前来与我们斡旋协商，所以照指示竖起了白旗以示善意。到了29日，我们决定为行动作好准备，预备了30至40支拖把和大约8桶水，另外又备有许多个皮革制成的水桶。万一中国人派出火船袭我们进攻，我们便能把火扑灭。每天晚上我们均会严密监视身边的情况，并派出两艘船到离船队1/3英里处驻守防卫，同时取水饮用。

我们准备妥当并提高警戒，下门却没有派人前来。到了30日，我们写了一封信，叫岛上那位中国老人把信送到下门都督府。我们在信上请求对方允许我们一如以往地用和平的手法经商。信上亦写了几句一般的奉承话……

到了11月1日，一位名为薛伯泉的中国人乘舢版来到了我们的船。他登船后向我们表示：若荷兰人是为了和平通商而来，他们并不反对，因为这跟岛上居民的意愿相若，只望最后会皆大欢喜。据薛伯泉所说，有300名中国商人联合起来正准备向福州（即现今的泉州市）巡抚上书，要求获准与荷兰人通商。这班商人在战争中损失惨重，战事一旦持续下去，他们定会陷入绝境，所以爽快下了决定要做我们的牵线人，请求巡抚批准与我们和平通商……"

身为所谓"优越的"西方人，我们的行为或许的确是举止粗野、毫无教养的。中国于1625年把荷兰人逐到台湾。荷兰人继续对中国大陆进攻，到了1662年，连台湾也赶走了这群令人头痛的荷兰人。英国和法国在18世纪初获准在广州进行贸易。自1728年开始，荷属东印度公司与这班欧洲商人合作，成立了一家贸易公司，一直运作至1830年左右。

1842年，中国在鸦片战争结束并签署《南京条约》后，准许西方国家在条约所限的数个港口内从事贸易。厦门便是其中一个港口。在19世纪中叶，荷兰人在莱顿市设立了一个部门专门训练荷兰学生成为汉语口译人员，并经常派这班学生到厦门（下门）实习。他们就住在二百多年前遭荷兰人大肆破坏的鼓浪屿。鼓浪屿正位于厦门的对面。时至今日，许多荷兰的汉学家要到中国学习汉语及文化时，也会到鼓浪屿。荷兰人于1857年在鼓浪屿开设领事馆。当年荷兰人在鼓浪屿生活的情况有照片为证。

以上是一部关于早期到厦门的荷兰人的简史。他们原本到中国的目的是经商和学习中国文化及语言。然而，当愈来愈多荷兰公司在厦门开设办事处，他们焦点便愈来愈放在经济利益上，对文化方面的关注却少之又少。

幸好，这个情况在1999年随着中国欧洲艺术中心的成立而有所改变。中国欧洲艺术中心是在伊尼卡·顾蒙逊的倡议下成立，属厦门大学的一部分。当时伊尼卡与丈夫顾蒙逊先生和数名中国房客分租一座享有海湾景致的大宅（顾蒙逊夫妇住在顶层）。这座房子坐落在一个并不繁华的地段，附近有一座寺庙、一个用于表演戏曲的舞台和一大片空地上零零星星地树立着的几所老房子；远处有几艘渔船和一些被遗弃的渔网、一个身穿蓝衣和斗笠的农夫在一块小耕地上默默地工作、一片空旷的海滩上有几座丢空了的半现代式的平房、一间倚着巨石并以竹子搭成的开放式茶馆（里面还存放了一些舞台道具）、一位戏曲演员在清晨一边散步一边排练、一尊孤独的佛像正准备为一条新开辟的高速公路而让位……还有便是一片寂静、几声噪音、沙沙作响的树木和海洋的浪声。有时候，一台推土机为了要夷平房子左边的树林以腾出地方来修路，会发出轰轰隆隆的声响，似乎是预示着未来将会发生翻天覆地的变化。

这和我过去从美丽的中文印画上所认识到的中国相比，全然是个不同的世界。真实的厦门就在海洋旁边，你可以在清晨七时去游泳，然后回来施施然享用早餐。早餐有蒸饭、糖醋菜、红茶和皮蛋。

一名戴着白色手套的年轻姑娘驾着一辆破烂不堪的巴士载我到旧城区，一路上车子格格作响，时速约三英里，车费为八毛钱。市中心就在港口，面积很广，但混乱得可以。我看见穷人就在集市附近兜售他们的鱼、蛇、蔬菜和水果。在集市内，你可以买到狗肉。鸡只活生生地被人拔毛，咽喉则遭剃刀割断。除了那个售卖草药的小摊外，四处处弥漫着一片令人恶心的气味。

我悠然地在城中各处溜达，看见狭窄的街道上挤得满满的，尽是出来做各种买卖的小商人、过路者、电线、电话线、各种标志和污秽，但是气氛却是活泼、轻松而且非常和睦。我加入了烧冥钞的行列，以求幸福快乐。

那是一个炎热的晚上。我睡在外头，被一个丝网罩着以防疟蚊。蟑螂已成为我房间陈设的一部分。每天早上醒来，我总会听到其他租客的漱口声。

在1999年，中国欧洲艺术中心就是在这样富诗意的环境中诞生。一个欧洲人要在中国建立一个这样的机构，无疑需要有过人的毅力、耐性及精力，尤其是在那个年代。你必须付出最大的努力才行。当中涉及的阻力也不仅是语言上的障碍。要克服的还有文化上的差异，需要慢慢地以经验（无论是好的、还是坏的）去了解这个新的文化。当中只能靠你自己去摸索，凭你的触觉和直觉去判断，并没有捷径可循。当日伊尼卡满腔热诚地一头栽进这个计划，展开了一段截然不同的人生。她坚持自己的理念：艺术可以把人民和不同的民族紧密地联系在一起。在一个陌生的国家里，面对着一个截然不同的文化，这的确是一个非常严峻而又令人兴奋的挑战。

中国欧洲艺术中心的成立确实是一项非凡的成就。这不仅是因为它已安然度过十年，并在过去十年间每年均会举办许多展览，展出西方及中国艺术家的作品；亦是因为从一开始，厦门大学艺术学院对任何类型的现代主义丝毫不感兴趣。我曾多次造访艺术学院，目睹学院在中国欧洲艺术中心的影响下慢慢地作出了改变；另一方面，老一辈的教师逐渐引退，中国人在日常生活以及教育体系这两方面的自由度亦逐渐提高。伊尼卡跟许多机构建立了关系，其中包括北京及上海的艺术学院。她经常外出造访荷兰和中国的艺术家。慢慢地，伊尼卡亦逐渐在大学以外建立了良好的关系。厦门市政府便是一个例子。市政府有一个保护城中海港区的项目，要在区内兴建一座博物馆，伊尼卡亦有份提供意见，可见她在市内的影响力。博物馆的部份工程现已完成。

曾有一段时间，中国艺术家会为了生计刻意去创作一些迎合西方国家口味的艺术作品。因为缺乏补助金，中国艺术家要在中国欧洲艺术中心展出他们的作品变得愈来愈难。艺术中心往往因缺乏资助艺术家筹备展览的经费，亦未能就他们在旅费及住宿费上提供协助。

要找到出色的艺术家并展出他们的作品仍然是一个相当大的挑战。无论是中国还是西方的艺术家，在发掘他们的过程中往往会产生许多问题。要解决这些难题，未必是易事。

和中国欧洲艺术中心合作的艺术家来自多个国家。除了中国和荷兰，其他欧洲国家、美国、俄罗斯和其他远东地区的国家（如韩国）的艺术工作者均是中国欧洲艺术中心的活跃份子。以中国的标准来说，这些展览是新颖、出人意表的，而这种新鲜感看来会持续下去。本书收录了部分曾在艺术中心展出的作品的照片，并展现这种艺术多变、引人入胜以及具实验性的特质。这是受西方（或许亦包括东方）影响的成果，正如许多年前现代艺术在欧洲带来冲击一样。

尚·西奥多·罗耶（Jean Theodore Royer, 1737–1807）是一名来自荷兰海牙市的诉讼律师。他利用当时荷中贸易往来的机会深入地学习中国文化而有辉煌的成就。时至今日，与中国的商贸联系对欧洲文化已经不再像过去那样造成深远的影响。欧洲人在19世纪对中国瓷器和日本主义趋之若鹜的情形已不再重演。事实上，情况刚好相反。随着通讯的发达、愈来愈多人出国外游而增广见闻，以及互联网的风行，中国人享有愈来愈高的自由度，亦更容易接触西方对艺术和建筑的影响。近数十年来，西方对当代中国艺术的兴趣大幅地增加。现今中国艺术家都十分了解当代中国艺术在商业上的价值。部分中国艺术家的作品价格高得吓人，而这些名人的作品往往会在国内被复制，实是一门大生意。

西方古籍中提及的Et in bono et in malo（好与坏），其实亦不过是"阴与阳"的另一种说法：凡事总会有正、反两面，善与恶之间亦有平衡或失调。这种交流是追求更多知识、理解及容忍的基础，同样亦是追求地位、摒弃传统及否定过去的基本。与北京或上海对艺术推广的情况相比，中国欧洲艺术中心自然是逊色的。然而，尽管难以用实据来证明，这个位于厦门市的艺术中心看来确是鼓励了学生们对西方知识和自由的渴求。

随着时间的变迁，中国人对西方艺术界的情况日益关注。随着中国在国际舞台上就经济和文化这两个层面上扮演的角色日趋重要，这种好奇心相信定会持续下去。中国欧洲艺术中心的"驻馆艺术家"计划推动了跨文化交流，让参与者能够同时审视自己国家及其他地方的情况。西方的商界无疑已经在中国稳占其位置，永远也不会再容许商业上有任何限制。其他的领域亦是如此，例如文化界。文化界正是交流意见（包括政治上的）、看法、创意及实验最合适的领域。这种交流是切题的、并无附带条件的。孤立只会带来反效果。随着自由度不断提高，现今中国在新艺术方面发展迅速，中国欧洲艺术中心身为这方面的发源地之一，地位亦会日益受到肯定。

在我离开厦门的那天，一场台风彻底地摧毁了这个我曾住过的小天堂，赶走了那个身穿蓝衣的农民和在清晨排练的戏曲演员，亦吹塌了那个以竹子搭成的小茶馆。然而，它们仍然会留在我的记忆里，日久常新。只要得到人们的支持和拥护，以及不断的创新，中国欧洲艺术中心定会屹立不倒。

李咏诗 (Reese Lee) 译

阿拉尔德·施若德(Allard Schröder)
有两个厦门

　　有两个厦门。一个是曾在西方被称为Amoy的小城，另一个则是未曾用过该名，而一直是被称作厦门的大城市。第一个厦门，或许在欧洲比在中国更知名，它是存在于有关该城镇成为西方贸易船只锚泊地以及南方各省贫穷的淘金者在此乘船涌向世界各地的港口的那段时期的文学作品及故事中的Amoy。厦门的这一形象绝大部分都已消失湮灭，留下的不过是一些记忆和旧照片。但也不是一切都消失殆尽。在老邮局后面的城区内，在中山路和厦禾路之间，以及深田路附近的较小区域，都还能显现出Amoy的一些面貌。虽然有时显得有些疲倦，但它其实依然是生机勃勃的。从表面上看，它具有南欧风貌。温暖的气候，朦胧的灯光，无精打采的棕榈树，远处柔和的轮廓，应有尽有。西方来访者有时会产生一种新奇而又困惑的感觉——自己远离家乡却会碰到一些熟悉的东西。想象着它不带汉字标志，忽略空气芬芳，你可能会有一种身处意大利南部的幻觉，而且奇怪的是，这里也会让你想起阿姆斯特丹，因为厦门这一带的许多房屋，也像在荷兰所能见到的房屋一样，又窄又高的楼面上，并列着三扇挨得很近的窗户。但表象也经常会误导人，刮目再看的话，你所熟悉的又并不那么熟悉，因为在欧洲的哪一处还会像这里一样，如此尽显艺术装饰式的风格呢？而且哪里还会像这里一样，在建筑和装饰上，如此尽情活用传统因素呢？惟独此地。你所见到的其实是地地道道的中国风格。这完全符合中国人想尽善尽美地展示一切的喜好，房屋和建筑也不例外。

　　夜间，这些区域一改其貌，所有那些引人联想到其他遥远世界的因素，顿时消溶在黑暗中，使厦门的这些市区呈现出地地道道的中国城市景象。

　　由高楼大厦、宽敞的林荫大道、隧道和高架桥构成的新厦门，第一眼看去与"旧"厦门截然不同，但区别其实不是很大。建筑风格显得与过去一样豪放和丰富多彩。与旧城区一样，新城区尽管建有笔直的交通主脉，但它们似乎又是杂乱无章地铺设起来的，显然在界线和道路规划方面，建设者们并没有太伤脑筋。到了夜晚，这部分拥有由节日灯光、各种闪烁广告构成的缤纷世界(如果需要的话有时甚至可以装饰整个楼面)的城区成了迪斯尼乐园大家庭的一部分。尽管现代实用性随处可见，你依然可以在这座现代城市里找到僻幽的廊道、小巷和天井，这在一座尊崇"功能性"的现代化城市里本不该存在的。

　　可是厦门却不一样。我不知道城市规划者是如何设想的，但本地市民似乎各有自己的想法。在哪里都见不到像这里的房屋那样频繁地被拆除、装修、翻新、美化。这里的居民极具个性，而且他们渴望由他们自己来决定自己周围的环境面貌。

　　你也可以在鼓浪屿上找到见于文献、黑白影片和老照片中的具有乡愁气息的厦门，曾被当年常爱到该岛的荷兰随船医生和作家斯劳沃霍夫称为"春岛"。只是照片上的人都已不复存在。他们不是已故，便是迁离；迁离者很少归来，个中缘由不得而知。他们的家园被遗弃，虽然有时也被那些急需住处的人们占用。

　　现代中国悄悄地唤醒了这座岛屿，虽然仍有一部分睡眼惺忪。这并不是什么坏事情。睡眼惺忪的部分还留有僻静的小径、花园，从未修剪过的老树以及仍在翘等主人归来的爬满青藤的别墅——这一切足够使人惆怅。

李梅 (Aurea Sison) 译

陈志伟
架起中欧艺术交流的桥梁

光阴荏苒，弹指一挥间已是十年。

依稀记得十年前协助创办厦门大学中国欧洲艺术中心时，作为一个艺术的外行，我对即将成立的艺术中心全部的概念就在于那幢坐落在厦门大学艺术学院一处角落的安静建筑，四壁白墙，简单质朴。十年后的今天，还是一样的简单建筑，却在艺术的装点下，显示出熠熠的光辉。十年的时光见证了这座建筑里演绎的变迁，也记录了这座艺术殿堂的发展历程。

展示中欧艺术的殿堂

1999年，当伊尼卡·顾蒙逊(Ineke Gudmundsson)夫人带着在厦门创办一个专业化的文化交流中心，以促进中国与欧洲在艺术领域的交流的艺术梦想，开始在这里挥洒汗水时，这幢建筑已经吸引了众多目光。经过十年的辛勤浇灌，这里已然成为厦门市文化艺术领域最具代表性的殿堂。从1999年12月冰岛驻北京大使馆在艺术中心举办第一次展览会开始，这座小小的展厅里就成为了众多艺术家展示自我的美丽舞台，也成为了广大艺术爱好者吸取艺术养分的沃土。在过去的十年里，先后有来自韩国、美国、加拿大、日本、新西兰、南非、冰岛、挪威、瑞典、丹麦、芬兰、荷兰、瑞士、德国、塞浦路斯……世界各地的100多位知名艺术家在此举办各类形式的艺术作品展，为厦门市民和厦大师生呈现了数百场的视觉盛宴。在这座150平方米的空间里，几乎每个月都会奉上一场精美的艺术大餐，或弥漫着欧洲艺术的浪漫气息，或散播着中华艺术的深沉内敛，让人不禁心驰神往。

架起中欧艺术的桥梁

如果说十年前，伊尼卡·顾蒙逊夫人创办中国欧洲艺术中心是为了弥补厦门缺少现代视觉艺术的遗憾，那么十年后的今天，伊尼卡·顾蒙逊夫人及其创办的中国欧洲艺术中心已经不仅仅是在为厦门培养现代艺术人才，它还担负起了沟通厦门与欧洲，乃至中国与欧洲艺术交流的作用。

在伊尼卡·顾蒙逊夫人和其同事的不懈努力下，中国欧洲艺术中心已经成为国际驻馆艺术家组织的成员之一。他们通过下设的艺术家工作室，定期邀请欧洲艺术家来厦门访问、创作、举办讲座，并为他们提供居住、创作和访问中国艺术家的条件，为欧洲艺术家了解和接触中国文化提供了一个便利的途径。不少艺术家，如维莱姆·桑德斯、巴德·布莱维克、思故都·顾蒙逊等都在受邀期间创作了大量世界闻名的艺术作品。不仅如此，艺术中心与荷兰桑德伯格学院及荷兰皇家艺术学院(Rijksakademie)建立了合作关系，将大批富有艺术才华的厦大学子送往国外学习，给渴望艺术的青年们打开了一扇沐浴欧洲艺术阳光的窗。

传播的，不仅仅是艺术

伊尼卡·顾蒙逊夫人这十年来对中国欧洲艺术中心的苦心经营和精心努力，受到厦门市政府和公众的一致好评。在这十年间，她曾任厦门市文化顾问多年，是厦门市荣誉市民，也是2003年福建省友谊奖的获得者。

60岁时，伊尼卡·顾蒙逊夫人还曾收到一份珍贵的礼物：厦门市政府聘请她为厦门城市规划建设顾问。伊尼卡花费了一年时间，以艺术的目光对思明城区的城市改造以及鼓浪屿老建筑的再利用出谋划策，提出了不少新颖独到的规划建议，并得到了厦门市政府的高度重视。

作为一个厦大人，我感谢伊尼卡·顾蒙逊夫人，感谢她让我们的学校成为一个展示国际艺术的平台和窗口；作为一个厦门人，我更感谢伊尼卡·顾蒙逊夫人，感谢她为我们的城市带来别致的生机，感谢她让越来越多的欧洲艺术家知道厦门，了解厦门，甚至爱上厦门。

十年的热忱付出终于换回了丰硕的艺术成果，也赢得了社会各界的普遍赞誉。越来越多的人通过中国欧洲艺术中心认识中国、认识厦门、认识厦大，也有越来越多的人通过中国欧洲艺术中心了解欧洲、了解艺术。如今中国欧洲艺术中心正在中欧艺术交流的道路上不断前进。我谨祝愿中国欧洲艺术中心在今后的旅程中有更多更大的成就！

拉士德·诺维尔(Rashid Novaire)
在厦门无尽的爱

"吃饭慎用醋盐。
莫入禁地。
勤则敬。
若想人不知除非己莫为。"
15世纪谚语

当然，假如我是在500年前到CEAC作驻地作家的话，那我会更加小心这里的夜生活。即使现在，我可以向你担保，我起初对在台湾海峡这群由名字粗犷的冰岛人领导的艺术家的想象，在最小程度上符合了现实。我所指的是，在扩音器用政治宣传向背信弃义的岛屿轰鸣这种伴奏下，我们的身体并没有在海湾卵石上绞缠起来。从我那可以俯视一条高速公路的阳台上，每天早上，年轻士兵踏着矫捷的步伐，人家从未向我推销过毒品以达到兴奋感。我们吃饭慎用醋和盐，谨慎不让自己喝醉，此外，能把伊尼卡的客人带到我常去的夜总会，我可是费了一番周折。

"什么时候开始有意思？"C向我再次打听，才敢与我一起坐上出租车上路。

"到时候你会看到那里面坐得挺满的。"生怕自己又会像只友好的长颈鹿，在中国人当中孤独地再次度过整个夜晚，我慌忙答道。

我们驶过了一条条街道，周边的店铺从不关门。在夜总会的门前走过一个如同影片中挂着木拐杖的乞丐。C念着门口上方的牌子问道："爵士乐俱乐部？"。

"不是的，它不过就这么挂着而已"。

进去时，我们差点把女清洁工撞倒。

"Is it open?"我问此时是否营业。

"对，对。"

我们选了一个环形皮椅坐下。台上无人，后面挂着的屏幕上播放着视频剪辑。我环视大半空着的桌子。迪斯科球形灯照在空空的吧台上。侍者无精打采地绷着脸。夜总会乐队来自马尼拉的漂亮姑娘们向常客打着招呼，就像是对待幼儿园里自己的孩子。

C为我俩要了一份特奎拉酒，然后她看着我好像在说："得来什么，可就不得而知了。"糟透了。我完全同意。那表情总结了我们的探险活动。我们的全球旅行。她作为画家，我作为作家。得来什么，不得而知。起码你还能得到点什么。

我们吮着饮料。漫长而又闷热的一天让我们精疲力竭，看着半小时后第一批外国顾客拖着脚步走进大滑门。他们到酒吧的另一端坐下。我看他们像爱尔兰人或芬兰人。这时，我正在阅读的一本很厚的中国小说中的一个段落忽然闪现在脑海中：小说家在第一章里便谈到，假如中国人难看的话，那是因为上帝造人时，没有足够的泥土来造这么多人。但如果西方人难看的话，作者解释道，那是上帝真在开玩笑。

我跟C讲这事儿。她试图听我讲，但我的故作诙谐很快消失在嘻哈的节奏之中。我热情地指向台后的大屏幕。在等乐队表演之前，那上面播放着录像剪辑：一位黑人饶舌歌手倚靠着被雨淋湿的车挡。他的动作预示着我们今晚再也不能像他那样火辣。他戴着跟我一样的花手帕。

"这怎么可能呢？"我对旁边这位来自鹿特丹的高个儿女画家说："那是我的兄弟！"

服务员给我们送来了更多的饮料。冰块在昂贵的鸡尾酒里闪耀着。富有的中国人。公费消遣。零星的几名旅游者。屏幕上一位R&B女歌星渴望即时的口头满足。

这里的中国观众没人发觉她为何如此迫不及待。他们和善地看着美国人的世态。那个熟悉的陌生世界。我环顾四周。其实这可以是任何一个地方。我发现C在嘈杂声中走神，看上去像是向往中国。我理解她。我突然急切渴望到别的舞厅去，到一个我们该去的地方，海滩上一座红漆斑驳的木城堡，我看到中国老人在里面跳舞，他们是我清晨从窗口望去所看到的那些身穿睡衣穿过大街小巷去取大把荔枝的老人，在厦门变得忙碌之前，当昏暗世界还是这些中国老人同情讥笑的一个发明的时辰。但那种舞厅并不存在。我们只有这家夜总会，而别无他选。录像剪辑的图像与音响忽然间对应上了。我零零碎碎地听见歌词：Lick it. Kick it. Hit it. Spit it.

我又去看C，看着这位嘴唇涂得红红的艺术家从呆滞中醒来。"咦，这怎么可能呢？"她用鹿特丹口音朝Lil Kim喊起来："她在这儿干什么？她是我姐妹！"

我们在中国遇见我们美国的兄弟姐妹。也遇见了菲律宾歌手，他们能跟拍摇摆，这是多数中国人连试都不去试一下的。因为跟拍摆动是要在几近太迟的那一刻，恰到好处地做出动作来。而中国人呢？你看见他们在跳舞，但他们通常是一点不挪窝。我看着舞场上兴高采烈的男男女女，自己也跟他们一样兴奋。因为我知道，今夜结束时将要发生的事情。到那时，一名男士可以登台与来自马尼拉的梅利莎表演二重唱。如果她能看到本文就会明白，那时我完全是因为胆怯而不敢挪窝。我其实多么想跟你合唱那首《无尽的爱》。在你的身边，梅利莎，我的嗓音听起来就不会像即将耗完的电池。在你的光环中，我一定会感到安全。那我为什么没这样做呢？

当时我是不是害怕如果自己张不开口，那就会更像你的兄弟呢？

是张口还是不张口呢？从厦门的夜生活，我还发现自己一直是菜单上最不得而知的那道菜。别人怎样看我？这是我在厦门深夜里经常思考的问题。这也是我在两位美国大瓷器商豪宅里的晚会上所思考的问题。即使在更为都市化的场合里，在个头矮小的中国人跳霹雳舞和饶舌的地方，此时他们倒能跟着节拍旋转，我也在思考这个问题。或许正是这些不自然的怪诞姿态，反映了他们对国内高耸的新楼、过热的经济和正在调整的传统的恼怒。

我心里正琢磨着所有这些，这时，那些"梅丽"和"峰龙"们敏锐地发现，一个戴着花手帕的棕肤色小伙子倚着墙，就等着在火山上跳舞，他即将为厦门整个地下文化圈子制定一个未来四年追求的目标。我婉言谢绝了。

"不，我不会。我真的不会，不用，我不想跳霹雳舞。"我用那种一个想以一笑逃之夭夭的人的笑脸推辞。我怎么向他们解释呢，在太阳如火球般在沙色岛屿后面落下时，我喜欢听着荷兰老派喜剧演员赫尔曼·凡·费(Herman van Veen)的CD珍藏版歌曲吃饭。我怎能解释，我的外表仅仅是外表而已？

我没有任人摆布。一位上海姑娘甚至向我打听，在荷兰滑板族的时髦服装是啥样。

我喜欢跟她谈论

这合了中国15世纪的一个说法：

她明知他不是她的伴侣
但暂时勉强跟他交往

幸好，有些夜晚我也能和英语角里可靠的朋友们一起出去游玩。在那些夜晚里，在市内公交车终点站过去一点的小厅里，我可以感到时髦和新式，因为我一点也不会跳那些使人陶醉和要求动作准确的舞蹈。在那些夜晚里，我像是回顾我未曾体验过的一个时代。狐步舞、Cha-cha舞。我的朋友刘娟子穿着丝绸晚礼服。另一个是克萨斯州的一位迷途的传教士，他赐福每个中国人一个前往救世主的单程。再有一位是戴着耳麦的鼓舞者，他从不重复自己的话语。我们先安静地坐在长长的木椅上吃饭。

我尽最大的努力找话题。"你不觉得吗？"我对刘娟子说，"这就像重温50年代。"

她温柔地看着那碗汤里的最后一团饭。"或许如此：少说话，多吃饭。"她友好地答道。

跳完舞以后，我们来到了卡拉OK酒吧。外面攒动着摊贩、外观一致的出租车和奔赴麦当劳豪华约会的一对对情侣，而我们却坐在酒吧里，走调地唱着歌，并从一扇小窗口向我们隔壁的房间看去。"Say you, say me"，但也有许多中国最流行歌曲，如："我爱你"、"谢谢你for being ni"等。

在这种环境里，我遵守了自己的承诺，而它们也实现了我最大的梦想。在黑暗的拱形卡拉OK里，我要是时不时能在圆形沙发上慵懒地坐着该有多好。然后听听那些单调的歌曲，那是些在往来于城镇的公车上长时间播放的DVD歌曲。那是我的旅程，我的中国。中途停靠的那些镶着白瓷片的食堂里，未装饰的日光灯旁，那被照亮的甜美俗气的瀑布。

我不想看在没有爵士乐的爵士俱乐部里的大屏幕上播放的MTV节目。我不想再去大学旁边那热气腾腾的迪斯科舞厅，那里放着令人震耳欲聋的浩室节拍，墙上还贴着几名身材魁梧的黑人的海报，他们下周将与本地居民共舞。我不想见中国人模仿他人，还是我在撒谎？

我是在撒谎。我想看到中国人从事所有的活动。因为无论什么事情，到了中国就会不同。因为只要我外出过夜生活，我也是在模仿我自己。

在中国，人们对我刮目相看。我与人们所期待的陌生菜谱不谋而合。我想要别的东西。他们要别的东西。我们彼此让对方惊奇。

但这种惊奇莫过于当我在俱乐部上厕所的时候，那是在我即将返回荷兰之前，我和C喝下最后一杯特奎拉酒。在低矮的尿池前，我平静地弓起身子，然后听着被门减缓了的、令人心安的抨击节奏。厕所里散发着甘草的味道。从我身后的洗手池上方，日光灯闪亮着，我仿佛听见迷人的乡间乐曲，但我知道这是我的想象。我看着镜中自己红红的眼睛。我解开自己裤子的纽扣。细细的水柱已经流入便池，忽然间，我觉着自己似乎还在想象着别的什么。一双有力的小手在按摩我的肩膀。不对，这是现实。当我转过身来，我看到一位个头矮小的老头，表情悲哀，从那灰蓝色外套（我眼前还时常浮现出那灰蓝色的外套）伸出细长的手指，那是一双我在小便时触摸过我的手。我们无言相视。从他眼神中现出一种柔和亮光。他受指派为解手的男人们按摩。这是他的工作，我从他那镇定的眼神里看到了这一点。他宛如一个从电影里走出来的人，那是些远在我接近福建海岸线，在落地之前，在空中所看过的电影中的一部。他正是新、旧中国。他是红高粱地里走出来的人，是一家充满了尼古丁和喧嚣的迪斯科舞厅里的一盏灯笼所发出的柔和光亮。

如果我能对他说什么，我会说：

燕子衔春归去，
纱窗几阵黄梅雨

谢谢刘娟子，谢谢梅利莎，谢谢C，谢谢穿着蓝外套的人。
我想念你们。
那是在厦门无尽的爱。

李梅(Aurea Sisson)译

洪荣满

凡姆卡·斯卡普(Femke Schaap)及夏克·迪姆(Sjerk Timmer)的"一分钟"影像工作坊

　　2001年，我在厦门大学参加了凡姆卡和夏克的"一分钟"工作坊。那是我首次使用录像摄影机进行艺术创作。记得当时我感到紧张，并对这次独特的国际培训感到有点不知所措。以我在艺术学院四年学习所积累的知识，这次工作坊为我带来了许多新问题，尤其是：当代艺术究竟为何物？我怎样能学会使用摄像机及其软件？我不时感到前方困难重重，自己愚笨无知。

　　在"一分钟"工作坊之前，除油画以外，我没有任何其他艺术媒介的经验，因此制作录像作品对当时的我来说，完全是个未知的陌生概念。（虽然录像艺术在欧洲早在上世纪60年代已成为一种独立的艺术形式，而在中国，它从上世纪90年代开始才得到运用。）

　　回顾这次工作坊，我认为，我有限的理解或许是受厦门市本身的影响，因为那时它处于中国当代文化的边缘。2001年，厦门的因特网技术非常落后，而我当时所了解的一点点现代艺术知识，都是通过老师传授、阅读和参观展览等方式拼凑起来的。

　　由于这种"新媒体"无限的潜力可以促进我的艺术发展，又因为我具备了新的概念上的理解，我期待着通过"一分钟"工作坊来探索这一过程，尽管对此还是一知半解。对我来说，这次工作坊为增强我对当代艺术的好奇心和兴趣提供了一个"好借口"，而且能到荷兰学习的机会也增添了我的积极性。

　　凡姆卡和夏克两人原来都如此出色。在工作坊期间他们工作非常努力，总是尽力帮助每个人，并以自己的专业知识阐释他们对每一位学员的作品的想法。他们带来了有关当时当代艺术领域状况的大量信息和新概念。

　　通过这次工作坊我不仅学会了怎样拍摄和剪辑录像，并获得了新媒体的基础知识，而更重要的是，我对艺术创作也有了一种新的概念上的理解，并发现了可以伸展自己艺术想象力和表达方式的新的可能性。此外，凡姆卡和夏克的工作坊帮助我把自己对当代艺术零碎杂乱的理解都整理集中起来，尤其是在此过程中引导我走上了寻找自己独立方位的道路。

　　通过这次工作坊的交流和讨论，作为艺术家，我对自己将来想做什么有了更清楚的认识。或许最重要的是凡姆卡和夏克使我感到自己能够与富有当代艺术实践经验的人进行有深度的讨论。总之，那段时间真是美好的经历，能与两位杰出的艺术家一起工作，而他们也成了我的挚友。毕竟，工作不是生活的全部。

李梅(Aurea Sisson)译

廷尼卡·瑞德斯 (Tineke Reijnders)
艺术评论家以及艺术史学家。她为各类艺术画册以及艺术期刊撰写文章。从2003年起她担任中国欧洲艺术中心的委员会主席。

卞荷蕊 (Garrie van Pinxteren)
现居住在玻利维亚的荷兰汉学家和记者。她在中国工作并居住了许多年并曾为荷兰NRC报纸撰写文章。她的荷兰语版本的《中国，世界的中心》于2008年出版。

秦俭 (Qin Jian)
艺术家兼独立策展人，厦门大学艺术学院美术系教授，多媒体专业教研室主任。他同时是荷兰阿姆斯特丹桑德伯格学院的客座教授以及中国欧洲艺术中心的创始人之一。

思я都·顾蒙逊 (Sigurdur Gudmundsson)
现工作并居住于厦门。他是冰岛人，曾在阿姆斯特丹居住了25年，至今仍在荷兰艺术界占有很重要的艺术地位并仍密切关注荷兰文化。他是荷兰皇家艺术学院的指导顾问。他以在世界很多国家的美术馆举办展览和创作公共雕塑作品而著名。他用冰岛语创作了数本小说。同时他也是中国欧洲艺术中心主任伊尼卡.顾蒙逊的先生。

(卡萝) 卢迎华 (Carol Yinghua Lu)
一位居住于北京的艺术评论家和策展人。她同时是《Frieze》杂志的特约编辑以及《当代艺术与投资》的合作编辑。她的文章活跃于国际艺术期刊，展览画册以及各种出版物。2008年她为荷兰格罗宁根美术馆的当代中国艺术展的《新世界的秩序》画册里写了一篇名为"中国经验"的文章。

包乐史博士 (Dr. Leonard Blussé)
荷兰莱顿大学欧亚关系史的教授。他也任教于厦门大学。包乐史在他的专业领域内专著或合著了40多本著作。

黄永砯 (Huang Yong Ping)
自1989年至今工作并居住于法国巴黎。20世纪80年代中期他曾是厦门达达运动的领袖人物。他的作品已在世界许多国家的各主要的美术馆展出。他经常回厦门工作一段时间。

尤斯·郝威林 (Jos Houweling)
荷兰桑德伯格学院的院长，同时也是一分钟影像基金会的发起人和负责人。作为厦门大学艺术学院的客座教授，他引介了当代影像艺术，引导了中国一些艺术学院的学生进入国际当代艺术的平台。

陈卓 (Lucy Chen)
多年工作于CEAC，是伊尼卡·顾蒙逊的得力助手。她同时也是一位严谨的中英文翻译。

保罗·贺夫亭博士 (Dr. Paul Hefting)
艺术史学家并曾是荷兰奥特洛(Kröller-Müller)美术馆的策划人。他是PTT艺术和设计学院的常务会员。他也是数本知名著作及艺术和平面设计杂志的作者。他是中国欧洲艺术中心的第一届委员会的成员之一。

阿拉尔德·施洛德 (Allard Schröder)
荷兰小说家，他的大量作品，包括《厦门》，都创作于在厦门艺术驻留期间。

陈志伟 (Sally Zhiwei Chen)
厦门大学国际交流合作处副处长。

拉士德·诺维尔 (Rashid Novaire)
荷兰作家及剧作家。他在厦门艺术驻留期间创作了小说《鳎鱼之歌》。

洪荣满 (Hong Rongman)
曾参与了荷兰艺术家凡姆卡·斯卡普(Femke Schaap)和夏克·迪姆 (Sjerk Timmer)于2002年在厦门艺术学院举办的一分钟影像创作工作坊。如今他任教于广州美术学院新媒体艺术专业。他是当代艺术家运行空间的创始人。

中国欧洲艺术中心(CEAC)成立于1999年11月，自此无数来自世界各地的艺术家陆续来到厦门访问该艺术中心。其中一部分艺术家被邀请参与展览并在厦门小住，但大多数的艺术家选择了进行为期几个月的艺术家驻馆计划。按规定，驻馆艺术家得在艺术中心举办一次展览。甚至有些艺术家还会在厦门大学艺术学院发表演讲或举办学术研讨会。他们当中有视觉艺术家、作家、建筑师、作曲家、音乐家、电影人、设计师。除了艺术家之外，还有策展人、艺术史学者、评委等参与到艺术交流中来。

参与者	国籍

● 群展
● 个展
○ 讲座

1999 / 2000

Sigurdur Gudmundsson ●○	冰岛
Teun Hocks ●○	荷兰
JCJ Vanderheyden ●○	荷兰
Chris Reinewald ○	荷兰
William Lindhout ○	荷兰
Guido Vlottes ●○	荷兰

厦门大学艺术学院秦俭教授的学生

Tim, Chen Chuanxi（陈传熙）	中国
Lin Lin（林琳）	中国
Hong Rongman（洪荣满）	中国
Zhang Hongli（张洪立）	中国
Sun Jiangli（孙江丽）	中国
Hou Jiawen（侯嘉文）	中国
Shen Zhimin（沈之敏）	中国
Jiang Hua（江华）	中国
Zhuang Zhongxin（庄仲鑫）	中国
Lin Yuanzheng（林元正）	中国
Ruan Xi'an（阮锡安）	中国

Bi Shiming（毕士明）	中国
He Shiyang（何士扬）	中国
Zhang Xiaolu（张小鹭）	中国
Li Wenxuan（李文绚）	中国
Wu Yanping（吴燕平）	中国
Zhong Jiaji（钟家骥）	中国
Niu Hongwen（牛红文）	中国
Chris Reinewald ○	荷兰
Huang Yong Ping（黄永砯） ○	中国
Xie Lai（谢来）	中国
Fang Guangzhi（方广智）	中国
Zeng Wenbin（曾文宾） ○	中国
Bard Breivik ●○	挪威

Marcel Kalksma 手工印刷制品：
近期荷兰艺术家的平面艺术：

Jan Andriesse
Marlene Dumas
Robert Zandvliet
Peter van der Heijden
Peter Lelliot
Hreinn Fridfinnsson
Guido Vlottes
Hugo Kaagman
Euft
Willem Sanders
Jan Roeland
Toon Teeken
Bert Boogaard
Paul van Dongen
Marc Mulders & Reinoud van Vught
EUFT

Natasja Kensmil
Pieter Holstein°°   荷兰

2001
Jaap Kroneman°°   荷兰
Kees van Gelder°   荷兰
Thora Johansson°   荷兰/冰岛

"闪"，**Bifrons** 基金会将视觉艺术家与音乐人作曲家进行组合，
或者结合了一群音乐人，
并且邀请这些组合参与到这一史无前例的艺术形式合作中来。
Ansuya Blom（德国）**& Paul Termos**（荷兰）
Liza May Post（荷兰）**& Vodershow**（英国）
Marijke van Warmerdam（荷兰）**& Louis Andriessen**（荷兰）
J.C.Ruggirello（法国）**& Martijn Padding**（荷兰）
Maura Biava（意大利）**& Roderik de Man**（荷兰）
Annette Messager（法国）**& Maarten van Norden**（荷兰）
Ger van Elk（荷兰）**& Maarten van Altena**（荷兰）
Jaap Kroneman（荷兰）**& Chiel Meijering**（荷兰）
Henk Peeters（荷兰）**& Eric Calmes**（荷兰/荷属安德列斯）

音乐人/作曲家
Paul Termos   荷兰
Wiek Hijmans   荷兰
Marieke Zandvliet   荷兰
Margo Rens   荷兰

女性艺术群展   中国
Kan Xuan（阚萱）°   中国
Li Xiuqin（李秀勤）°   中国
Liu Manwen（刘曼文）   中国
Chen Qingqing（陈庆庆）°   中国
Wu Yanping（吴燕平）   中国
Hu Mingzhe（胡明哲）   中国
Dieuwke Spaans   荷兰
Hannelore Houdijk°   荷兰
Lise Haller Baggesen   丹麦
Lon Robbé   荷兰
Machteld van Buren°   荷兰
Marlene Dumas   荷兰
Runa Thorkelsdóttir   冰岛
The Icelandic Love Corp.   冰岛

Arvid Pettersen°°   挪威
Lily van Ginneken°   荷兰
Li Gang（李刚）   中国
Wang Suhua（王苏华）°°   中国
Willem Sanders°°   荷兰
Lam de Wolf°°   荷兰
Jos Houweling°   荷兰
Wang Shugang（王书刚）°°   中国
Rúrí°°   冰岛
Kan Xuan（阚萱）°°   中国
Jozsef Paulini°°   匈牙利

萨克斯风表演，音乐家：
Ton Derksen   荷兰
Frits Heimans   荷兰
Dirk Hoogland   荷兰
Leon van Mil   荷兰

2002
Femke Schaap & Sjerk Timmer°°   荷兰
Gerald van der Kaap°°   荷兰
Anneke Saveur   荷兰

来自荷兰的音乐会和大师级音乐人：
Paul Termos
Margo Rens
Marieke Zandvliet
Wiek Hijmans

Wang Qiang（王强）○	中国
Gu Xiaoping（顾小平）○	中国
Gu Xiaojian（顾小剑）○	中国
Juha von Ingen○	芬兰
Christian Rieloff○	瑞典
Per Hüttner○	瑞典
Daniël Westlund○	瑞典
Árni Gudmundsson○	冰岛
Jennifer Tee & Jonas Ohlsson●○	荷兰/瑞典

"在厦门会合"，荷兰皇家艺术学院/厦门大学艺术学院
○ 群展及讲座

Bas Louter	荷兰
Paulina Olowska	波兰
Stani Michiels	比利时
Arthur Kleinjan	荷兰
Goddy Leye	喀麦隆
Jesus Palomino	西班牙
Ana Kadoic	克罗地亚
Aam Solleveld	荷兰
Dieuwke Spaans	荷兰
Agnes Geoffray	法国
Erik Beltran	墨西哥
Ivan Grubanov	前南斯拉夫
Dirk Kome	荷兰
Govinda Mens	荷兰
Chikako Watanabe	日本
Adam Leech	英国
Mark Kent	爱尔兰
Sanja Medic	塞尔维亚
James Becket	南非
Gregg Smith	南非
Yang Zhenzhong（杨振中）	中国
Xu Zhen（徐震）	中国
Liang Yue（梁玥）	中国
Liao Jiaping（廖家萍）	中国
Shen Hongcai（沈鸿才）	中国
Lin Meiya（林美雅）	中国
Tang Nannan（汤南南）	中国
Gu Yue（顾跃）	中国

Huang Yan（黄岩）	中国
Kan Xuan（阚萱）	中国
Lara Schnitger & Matthew Monahan●○	荷兰/美国

2003
Fridrik Thor Fridriksson○	冰岛
Ari Magnusson○	冰岛
Liu Bingjian（刘冰鉴）○	中国
Wang Jing（王竞）○	中国
Jia Zhangke（贾樟柯）	中国
Zhang Yaxuan（张亚璇）	中国
Gan Xiaoer（甘小二）	中国
Ben Sveinsson●○	冰岛
Rudy Luijters○	荷兰
Jean Bernard Koeman●○	比利时/荷兰
Xiang Jing（向京）●○	中国

Hong Shunzhang（洪顺章）	中国
Wu Minghui（吴明晖）	中国
Yi Xuan（伊玄）	中国
Chen Wenling（陈文令）•°	中国
Dong Xing（董兴）	中国
Shen Ye（沈也）	中国
Charlotte Schleiffert•°	荷兰／中国
Guido Vlottes•°	荷兰
Jaap Kroneman•°	荷兰
JCJ Vanderheyden•°	荷兰
Sigurdur Gudmundsson•°	冰岛
Twan Janssen•°	荷兰
Teun Hocks•°	荷兰
Bard Breivik•°	挪威
Ragna Róbertsdóttir•°	冰岛
Rúri•°	冰岛

"话仙"，
比利时-中国交流

Nico Dockx	比利时
Helena Didirppoulos	比利时
Stefan Smaghe	比利时
Jethro Volders	比利时
Fanny Zaman	比利时
Dong Xing（董兴）	中国
Ma Yongfeng（马永峰）	中国
Shen Ye（沈也）	中国
Shen Jingdong（沈敬东）	中国
Wu Minghui（吴明晖）	中国

Femke Schaap & Sjerk Timmer•°	荷兰

"海洋 & 音乐"，国际雕塑双年展
国际评审：

Huang Yongping（黄永砅）	中国／法国
Helen van der Mey	荷兰／英国／中国
Din Pieters	荷兰
Sigurdur Gudmundsson	冰岛／荷兰
Zui Shang Shou Zhi	中国
Lin Chun（林春）	中国
Zhang Kerui（张克瑞）	中国
Xiao Changzheng（萧长正）	中国

国际艺术家：

Anthony Cragg	英国
Bjørn Nørgaard	丹麦
Bard Breivik	挪威
Harald Schole	荷兰
Folkert de Jong	荷兰
Kristján Gudmundsson	冰岛
Tom Claasssen	荷兰
Roland Mayer	德国
Lisa Norton	美国
Colette Hosmer	美国
Bharat	印度
Klitsa Antoniou	塞浦路斯
Li Bing（李冰）	中国
Zeng Huanguang（曾焕光）	中国
Lv Pinchang（吕品昌）	中国
Chen Zhouying（陈宙英）	中国
Wu Jiazhen（吴嘉振）	中国
Lin Chaofei（林朝飞）	中国
Chen Bin（陈斌）	中国

Qian Sihua（钱斯华）　　　　　　　　　　中国
Zhang Yongjian（张永见）　　　　　　　　中国
Wang Haitao（王海涛）　　　　　　　　　中国
Fu Xinmin（傅新民）　　　　　　　　　　中国
Li Xiuqin（李秀勤）　　　　　　　　　　中国
Sui Jianguo（隋建国）　　　　　　　　　中国

2004

Persijn Broersen & Margit Lukács●○　　荷兰
Gustav Meist●○　　　　　　　　　　　　荷兰
Erik van Lieshout●○　　　　　　　　　　荷兰
Olga Russel●○　　　　　　　　　　　　荷兰
Chen Wenling（陈文令）●○　　　　　　　中国
Gu Yue（顾跃）●○　　　　　　　　　　　中国
Aam Solleveld●○　　　　　　　　　　　荷兰
Erik Olofsen●○　　　　　　　　　　　　荷兰
Klitsa Antoniou●○　　　　　　　　　　塞浦路斯
Rashid Novaire○　　　　　　　　　　　荷兰
Hulda Hakon & Jón Óskar●○　　　　　冰岛

"陶瓷・生活・厦门"陶艺工作坊
Klitsa Antoniou　　　　　　　　　　　　塞浦路斯
Stevens Vaughn　　　　　　　　　　　美国
Chen Wenling（陈文令）　　　　　　　　中国
Jón Óskar　　　　　　　　　　　　　　冰岛
Bjørn Nørgaard　　　　　　　　　　　丹麦
Sigurdur Gudmundsson　　　　　　　　冰岛

"响亮而清晰"，**Bifrons** 基金会将视觉艺术家与作曲家/
音乐人及宣传设计师进行搭配组合，
并且邀请这些组合参与到这一史无前例的艺术合作形式中来。
艺术家 + 作曲家/音乐人 + 宣传设计师
Pipilotti Rist, Caroline Berkenbosch, S,C,P,F...　　瑞士，荷兰，西班牙
Viktor & Rolf, Toek Numan, Saatchi & Saatchi　　荷兰，荷兰，英国
Marlene Dumas, Ryuichi Sakamoto, Kessels Kramer　荷兰/沙特阿拉伯，日本，荷兰
John M. Armleder, Hans van Manen, Fastland / Ground　瑞士，荷兰，冰岛
Pierre Bismuth, Theo Loevendie, Strawberry Frog　法国，荷兰，荷兰
Pierre Huyghe, Steamboat Switzerland, Kessels Kramer　法国，瑞士 荷兰
Yayoi Kusama, Haukur Tòmasson, Jung von Matt　日本，冰岛，德国
Aernout Mik, Gudni Franszon, Wieden & Kennedy　荷兰，冰岛，荷兰
Gillian Wearing, Yello, NEW®　　　　　英国，瑞士，瑞典

2005

Twan Janssen●○　　　　　　　　　　　荷兰
Hulya Yilmaz●○　　　　　　　　　　　荷兰
Fahrettin Örenli　　　　　　　　　　　荷兰/土耳其
Yangah Ham●○　　　　　　　　　　　　韩国
Elke Mohr●○　　　　　　　　　　　　　德国
Heike Aumüller　　　　　　　　　　　　德国
Barbara Brüeslisauwer○　　　　　　　瑞士
Judith van IJken○　　　　　　　　　　荷兰
Erla Thóraninsdóttir●○　　　　　　　冰岛
Francisco Ruiz de Infante　　　　　　法国
Elodie Huet　　　　　　　　　　　　　法国
Jean-Charles Hue　　　　　　　　　　法国
Regis Baudy　　　　　　　　　　　　法国
Fabien Gigobert　　　　　　　　　　　法国
Philippe Meste　　　　　　　　　　　法国
Jo Bartolomeo　　　　　　　　　　　法国
Julien Discrit　　　　　　　　　　　　法国
Valerie Mréjen　　　　　　　　　　　法国
Erich Weiss○　　　　　　　　　　　　法国

Hadiya Finley°	美国
Scarlett Hooft Graafland	荷兰
Jeroen Jacobs•°	荷兰
Anneke de Boer•°	荷兰
Howard Scott°	新西兰
René Bezy	法国
Ghazel	法国
Valérie Mrénjen	法国
Ivan Fayard	法国
Brigitte Zieger	法国
Stephanie Nava	法国
Emmanuelle Mafille	法国
Roma Pas•°	荷兰
Magnús Sigurdarson•°	冰岛
Patrick Nillson•°	瑞典
Hartmut Wilkening•°	德国/荷兰

"再次响亮而清晰",
基金会将视觉艺术家与作曲家/音乐人及宣传设计师进行搭配组合,
并且邀请这些组合参与到这一史无前例的艺术合作中来。
艺术家 + 作曲家/音乐人 + 印刷品设计师

A & B Blume, fm3, Dou Wei, YanJun, International	德国, 中国, 中国, 中国, 德国
Candice Breitz, Alex Fahl, Kessels Kramer	沙特阿拉伯, 德国, 荷兰
Christian Jankowski, Chiel Meijering, DDB Berlin	德国, 荷兰, 德国
Tamàs Komoròczky, Thor Eldon, Heimat	匈牙利, 冰岛, 德国
L.A.Raeven, Pupilla, Double Standards	荷兰, 匈牙利, 德国

2006

Floor Kortbeek & Gilles Frenken•°	荷兰
Stina Eidem	瑞典
Paul Kooiker°	荷兰
Cao Minzhu（曹敏珠）	中国
Liu Fang（刘方）	中国
Min Lan（闵岚）	中国
Weina（维娜）	中国
Yang Jian（杨健）	中国
Pieter Holstein•°	荷兰
Hans Venhuizen & Margit Schuster°	荷兰, 德国
ERRÓ	冰岛
Bjørn Nørgaard°	丹麦
Scarlett Hooft Graafland	荷兰
Karin van Dam•°	荷兰
Ma Leonn（马良）°	中国
Rineke Dijkstra°	荷兰
Antoinette Nausikaä Slagboom	荷兰
Colette Hosmer•°	美国
René Coelho•°	荷兰
Marjan Teeuwen°	荷兰
Mira Sanders•°	比利时

"零部件", 荷兰皇家艺术学院/厦门大学艺术学院
° 群展及讲座

Martijntje Hallmann	
Meiya Lin（林美雅）	中国
Mu Yuming（穆玉明）	中国
Helen Verhoeven	荷兰
Bradley Pitts	美国
Peggy Franck	荷兰
Karen Sargsyan	荷兰/阿曼尼雅
Guido van der Werve	荷兰
Michaela Fruhwirth	奥地利
Marijn van Kreij	荷兰
Malin Persson	瑞典
Vincent Olinet	法国

参与者	国籍	群展 • 个展 ○ 讲座
Alon Levin	美国	
Wafae Ahalouch El Keriasti	摩洛哥 / 荷兰	
Inti Hernandez Veranes	古巴 / 荷兰	
Chiara Pirito	意大利	
Semâ Bekirov	荷兰 / 土耳其	
Gal Kinan	以色列	
Evi Vingerling	荷兰	
Micha Patiniott	荷兰	
Inge Beeftink	荷兰	
Sookoon Ang	新加坡	
Cevdet Erek	土耳其	
Paulien Oltheten	荷兰	
Marusya Baturina	俄罗斯 / 荷兰	
Gwenneth Boelens	荷兰	
Marco Pando Quevedo	秘鲁	
Steve Van den Bosch	比利时	
Yang Ah Ham	韩国	
Hala Elkoussy	埃及 / 加拿大	
Vika Mitrychenka	白俄罗斯 / 荷兰	
Sascha Pohle	德国	
Meiro Koizumi	日本	
Tomoko Kawachi	日本	
Agnieszka Czajkowksa	波兰	
Heddy-John Appeldoorn	荷兰	
Marietta Dirker	荷兰	
André Pielage	荷兰	
Shuo Liang（梁硕）	中国	

"浮出的世界"，桑德伯格艺术学院 / 厦门大学艺术学院
○ **群展及讲座**

策划: **Marjo van Baar**	荷兰	
Yasser Ballemans	荷兰	
Juriaan van den Haak	荷兰	
Tom Hillewaere	比利时	
Marinke Marcelis	荷兰	
Linda Pijnacker	荷兰	
Richtje Reinsma	荷兰	
Chen Wei（陈伟）	中国	
Liu Fang（刘方）	中国	
Yang Jian（杨健）	中国	
Min Lan（闵岚）	中国	
Wang Lihong（王力宏）	中国	
Cao Minzhu（曹敏珠）	中国	
Weina（维娜）	中国	
Tineke Reijnders°	荷兰	
Sanja Medic	赛比亚	
Áslaug Thorlacius	冰岛	
Finnur A. Arnarsson	冰岛	
Rineke Dijkstra	荷兰	
Antoinette Nausikaä Slagboom	荷兰	
Lotte Geeven	荷兰	
Sandra Kunz	瑞士	
Galina Manikova	俄罗斯	
Allard Schröder	荷兰	
Pieter Holstein	荷兰	
Erika Streit	瑞士	

2007

Mira Sanders•°	比利时	
Bas Princen°	荷兰	
Antoine Stemerding°	荷兰	

Erika Streit•°	瑞士
Sandra Kunz•°	瑞士
Maartje Fliervoet°	荷兰
André Pielage & Johanna Boot°	荷兰
Pieter Holstein	荷兰
Chen Tzu-Ju（陈紫茹）•°	中国
Polly Braden°	英国
David Campany°	英国
Allard Schröder°	荷兰
Pieter Holstein	荷兰

"此处&彼处"，桑德伯格艺术学院/厦门大学艺术学院
° 群展及讲座

策划: Marjo van Baar	荷兰
Mees de Jong	荷兰
Kristina Kersa	爱沙尼亚
Rogier Roeters	荷兰
Andreas Templin	德国
Arik Visser	荷兰
Chen Wei（陈伟）	中国
Huang Xiaoqin（黄晓琴）	中国
Xue Zenghui（薛曾蕙）	中国
Lu Dawei（鲁大为）	中国
Liu Fang（刘方）	中国
Jin Jing（金晶）	中国
Min Lan（闵岚）	中国

Helen Felcey•°	英国
Keith Brown•°	英国
Danielle van Vree•°	荷兰
Arnoud Noordegraaf•°	荷兰
Sylvie Zijlmans & Hewald Jongenelis•	荷兰, 荷兰
Kaleb de Groot & Roosje Klap•°	荷兰, 荷兰

2008	
Amy Wong（黄詠嫻）•°	加拿大
Sara Riel•°	冰岛
Rebecca Ballestra°	意大利
Vroegop & Schoonveld•°	荷兰
Petran Kockelkoren°	荷兰
Andrew Kelly•°	英国
Cecile van der Heiden•°	荷兰
Maarten van den Eynde	荷兰
Marjolijn Dijkman°	荷兰
Virginie Bailly•°	比利时
Xu Huijing（许慧晶）•	中国

"邂逅"，桑德伯格学院/厦门大学艺术学院
° 群展及讲座

策划: Marjo van Baar	荷兰
Nina Glockner	德国
Jenny Lindblom	瑞典
Kali Nikolou	希腊
Vera Korman	荷兰
Freya Hattenberger	德国
Julia Ortlieb	德国
Emile Zile	拉脱维亚/澳大利亚
Wouter Venema	荷兰
Hermen Maat	荷兰
Marieke Coppens	荷兰
Battal Kurt	库尔德斯坦
Wypke Jannette Walen	荷兰
Xiaoqin Huang（黄晓琴）	中国
Wei Chen（陈伟）	中国

参与者	国籍

Xue Zenghui（薛曾蕙）　中国
Jin Jing（金晶）　中国
Wang Hechen（王赫晨）　中国
Chen Libin（陈莉彬）　中国
Mi Zhenxi（米振曦）　中国
Weina（维娜）　中国
Yang Zhifei（杨志飞）　中国

Jaring Lokhorst & Chantal Spit●○　荷兰，荷兰
Allard Schröder　荷兰
Marco van Duyvendijk●○　荷兰
Iva Supic●○　克罗地亚
Anna Stake　瑞典

2009
Simon Kentgens●○　荷兰
Vroegop / Schoonveld●○　荷兰
Albert Delamour●○　美国/法国
Nick Renshaw●○　英国
Ronny Delrue●○　比利时
PASCAL　法国
Chloe Morrison●○　北爱尔兰
Terrence Letiche●○　加拿大/荷兰
Mi Zhenxi（米振曦）　中国
Jia Zhixing（贾志兴）　中国
Monique Verhoeckx　荷兰
Nadia Gyr　瑞士
Amy Thomas●○　爱尔兰
Oliver Irvine●○　英国
Katleen Vermeir●○　比利时
Ronny Heirmans●○　比利时
Richard Gibson●○　爱尔兰

"发现缓慢"
策划: **KW14**
Marjan Teeuwen○　荷兰
Barbara Visser　荷兰
Broersen & Lukács　荷兰
Gabriel Lester　荷兰
Eelco Brand　荷兰
Hans Op de Beeck　比利时
Job Koelewijn　荷兰
Michal Butink　荷兰
Oliver Boberg　荷兰
Paul Kooiker　荷兰
Raymond Taudin Chabot　荷兰
Anouk De Clercq　比利时
Ine Lamers　荷兰

2003
八位当代欧洲艺术家丛书
Guido Vlottes（吉多·弗劳特斯）
Twan Janssen（图恩·杨森）
Jaap Kroneman（佳普·克罗曼）
Sigurdur Gudmundsson（思故都·顾蒙逊）
JCJ Vanderheyden（易希·凡德海登）
Rúrí（罗瑞）
Teun Hocks（托恩·霍克斯）
Bard Breivik（巴德·布德维克）

2004
《陶瓷·生活·厦门》
Klitsa Antoniou（克莉莎·安东尼奥）
Jón Óskar（乔恩·奥斯卡）
Chen Wenling（陈文令）
Bjørn Nørgaard（比扬·诺嘉德）
Sigurdur Gudmundsson（思故都·顾蒙逊）
Stevens Vaughn（史蒂文斯·沃恩）

2005
《编目》Erla Thorarinsdóttir（艾尔达·索拉瑞斯）

2006
《中国基座》Paul Kooiker（保罗·库克）
《都市味精》Hans Venhuizen / Margit Schuster（汉斯·芬毫森 / 舒斯特·玛格丽特）

2007
《编目》André Pielage（安德鲁·皮拉格）
《沉默的中国》Mira Sanders（米拉·桑德斯）
《纱线》Erika Streit（爱瑞卡·斯特莱特）

2008
《在路上》Pieter Holstein（皮特·霍斯坦）
《华丽的火药城16响》Kaleb de Groot / Roosje Klap（科勒·德·古鲁特 / 罗莎·科勒）
《回到出发点》Vroegop / Schoonveld（芙汝荷朴 / 思洪菲尔德）
《塞西尔的美猴王》Cecile van der Heiden（塞西尔·范德·海顿）
《甜酸苦乐》Chantal Spit / Jaring Lokhorst（垭瑞·洛克霍斯特 / 切安托·斯碧特）
《春岛》J. Slauerhoff（扬·雅各布·斯劳沃霍夫），Marco van Duyvendijk（马可·戴文达）
《容器》Sandra Kunz / Yang Jian（孔秋 / 杨健）

2009
《暂停》Vroegop / Schoonveld（芙汝荷朴 / 思洪菲尔德）

伊尼卡·顾蒙逊 (Ineke Gudmundsson)
鸣谢

我想对所有人及朋友表达我最温暖的谢意。他们的全心支持，使得中国欧洲艺术中心 (CEAC) 得以成功运作。在过去的十年间，他们帮助艺术中心为厦门的文化作出了意义重大的贡献。

我特别感激厦门大学艺术学院的秦俭教授。没有他和许多其他人的支持，(其中包括陈志伟女士和厦门大学外事办公室的前任主任苏子惺先生)，CEAC便不会有今日之成就。

从一开始，1999年11月，厦门大学艺术学院就成为了CEAC的可贵的合作伙伴，支持其活动，提供展览空间，更重要的是给了CEAC在艺术上独立操作的自由。我为此感谢厦门大学。

感谢艺术学院的前院长吴培文先生对CEAC的热情支持及其对这项事业的开放精神。

感谢保罗·贺夫亭 (Paul Hefting) 在最初阶段给予我的大量宝贵建议。那时他还是CEAC基金会的主席。

我想在此提及桑德伯格艺术学院的卓越贡献。感谢副院长玛耀·凡·巴尔 (Marjo van Baar)，尤其感谢院长尤斯·郝威林 (Jos Houweling)，一位在厦门大学艺术学院和阿姆斯特丹的桑德伯格艺术学院的密切关系中起重要作用的人物。他发起并建立了荷中之间的艺术教师及学生的交换项目。

感谢我的中国朋友，艺术家陈传熙和康有腾。他们从第一天起便是CEAC团队的重要组成部分。感谢他们愿意随时用他们高超的技能为CEAC，为来访艺术家和我提供支持和帮助。

我的美国朋友，在厦门工作的史蒂文斯·佛文 (Stevens Vaughn) 和罗德尼·科恩 (Rodney Cone)，自一开始就给予我及艺术中心很大的帮助。我对他们深表感谢。

我还想向黄爱秀和我的众多助手们表示我的感激之情，特别是我的好朋友蓝洪英 (Landy) 和亲密助手李梅兰 (May Lee)。李梅兰忠于职守并完全理解CEAC的职责。还有陈卓 (Lucy Chen)，她学贯中西，值得欣赏，是CEAC团队的可贵成员。

我还欠我的朋友包乐史 (Leonard Blussé) 教授一份感谢，感谢他对CEAC的支持和在中国文化知识方面的倾囊相授。

感谢莉丽·凡·欣尼肯 (Lily van Ginneken) 于"红色雪球"的初期阶段在厦门与我们一起群策群力。

杰夫里·毛森 (Jeffrey Mouthaan) 以他非凡的创造力出色地完成了设计并维护CEAC的主页的任务。我由衷地感谢他。

感谢我的丈夫思故都·顾蒙逊 (Sigurdur Gudmundsson) 和我们的孩子们自始至终给予我积极的建议和令人鼓舞的支持。

不言而喻，一个像CEAC这样的组织，是一项很多人年复一年为之无私工作的事业。他们为的是自己的信念，也就是在艺术领域里中欧文化的对话。在CEAC身边众多中国人和欧洲人，都期待并关注着这个对话的成功。没有他们，就没有CEAC。我向他们致以由衷的感激。

我感谢全体CEAC委员会的成员：廷尼卡·瑞德思 (Tineke Reijnders)、安娜丽·玛斯特 (Annelie Musters)、克里斯·瑞内华德 (Chris Reinewald) 和思故都·顾蒙逊 (Sigurdur Gudmundsson)。

廷尼卡·瑞德思 (Tineke Reijnders) 和安娜丽·玛斯特 (Annelie Musters) 为了实现目标，从未停止她们的热情和积极帮助。

夏昕译

中国欧洲艺术中心跨文化活动十周年

图像编辑: Ineke Gudmundsson 和 Annelie Musters
文字编辑: Tineke Reijnders 和 Els Nieuwenhuis (Available Space), 荷兰阿姆斯特丹
财务管理及协调: Annelie Musters
监督: Els Nieuwenhuis (Available Space), 荷兰阿姆斯特丹

英文编辑: Sheila Gogol 和 Willem Jan Gasille
中文编辑: 夏昕 和 Reese Lee, May Lee 李梅兰

平面设计: Irma Boom Office
印刷地: 北京雅昌彩色印刷有限公司 中国
纸张: 玉龙纯质100克
出版商: Jap Sam Books, Heijningen
www.japsambooks.nl

CEAC标志设计: Sigurdur Gudmundsson 和 Ineke Gudmundsson

照片提供: Ineke Gudmundsson

额外的照片由下列人士提供: Annelie Musters / Roy Taylor / Marjo van Baar /
Marianne Peijnenburg / 姚凡以及所有慷慨提供其作品照片的艺术家

我们努力获得本书中所有材料的出版许可。若鸣谢中有任何遗漏, 敬请版权所有者通报CEAC。

总监: Ineke Gudmundsson
厦门大学
福建, 中国 (361005)
www.ceac99.com

CEAC 中国欧洲艺术中心衷心感谢下列单位:
Mondriaan Foundation 蒙德里安基金会 (荷兰) 给予的支持及信心
Netherlands China Arts Foundation 荷中艺术基金会 (荷兰) 的鼎力相助
厦门大学 (中国) 的信任及参与
AMPEK 阿姆斯特丹北京协会 (荷兰) 的热烈支持
Gijselaar Hintzen Fonds 基金会 (荷兰) 慷慨赞助印刷
Fonds BKVB 基金会 (荷兰) 挑选了本书作为试验计划
荷兰王国驻广州总领事馆的支持

CEAC中国欧洲艺术中心诚意向各位提供文稿的作者以及曾为本书作出贡献的人士致谢。

CEAC中国欧洲艺术中心有幸与河北教育出版社合作, 让本书的中文版得以面世。

Artworks of Visiting Artists
来访艺术家的作品

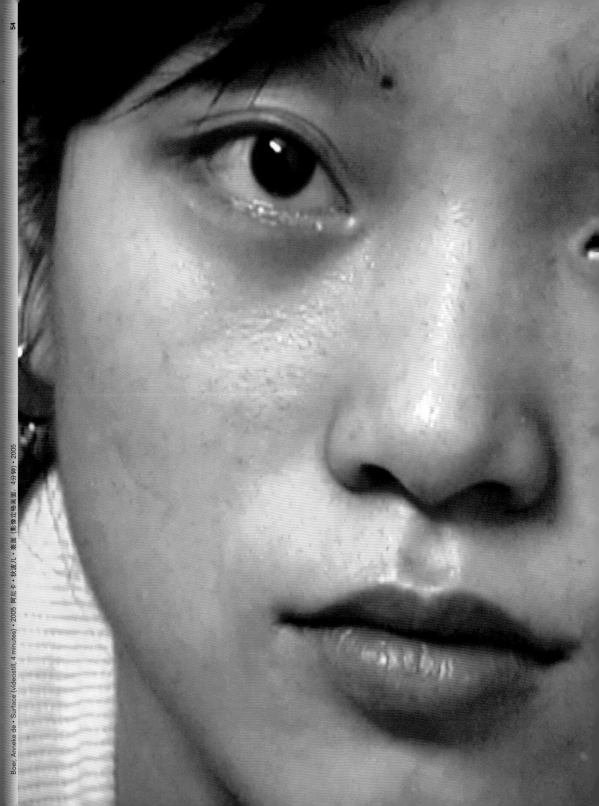

Broersen, Persijn / Lukács, Margit • Crossing the rainbow bridge (film still) • 2004 波塞尔・布罗森・玛吉特・卢卡斯・跨越彩虹桥（影片定格画面）・2004

<< ....

.......like it is...

...it is......

pig (2007), Tim Chen Chuanxi

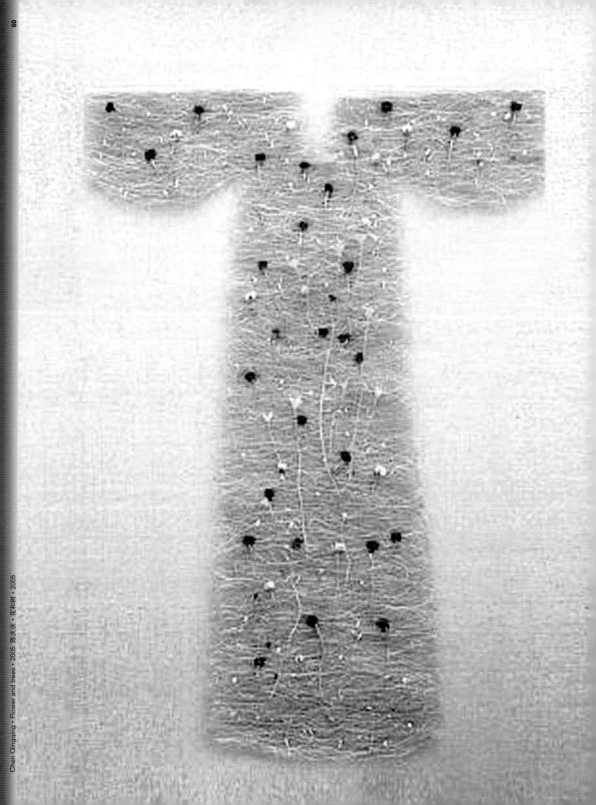

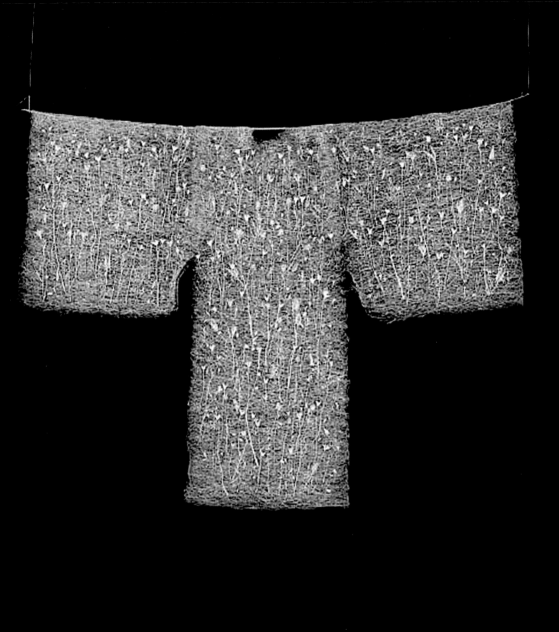

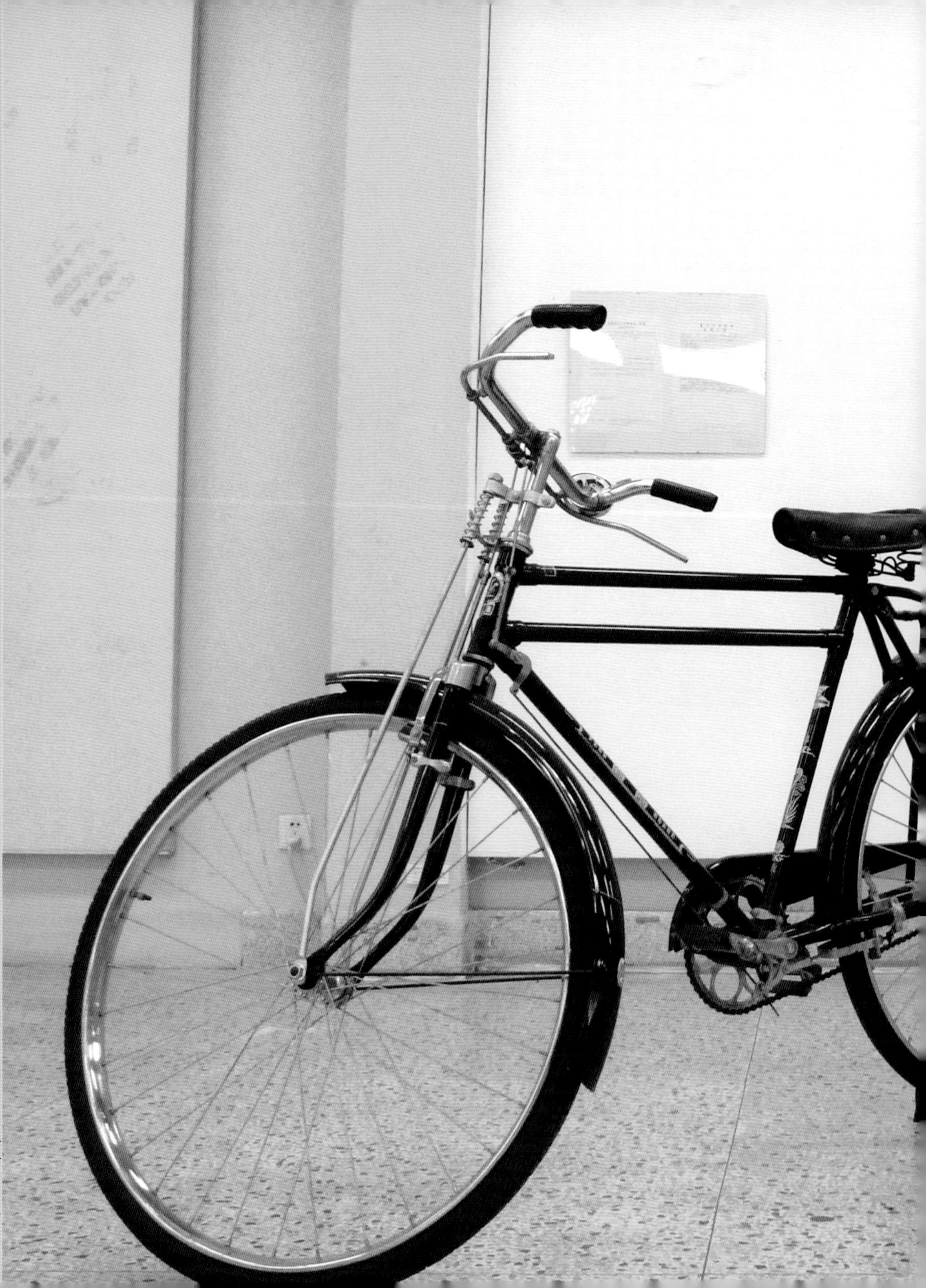

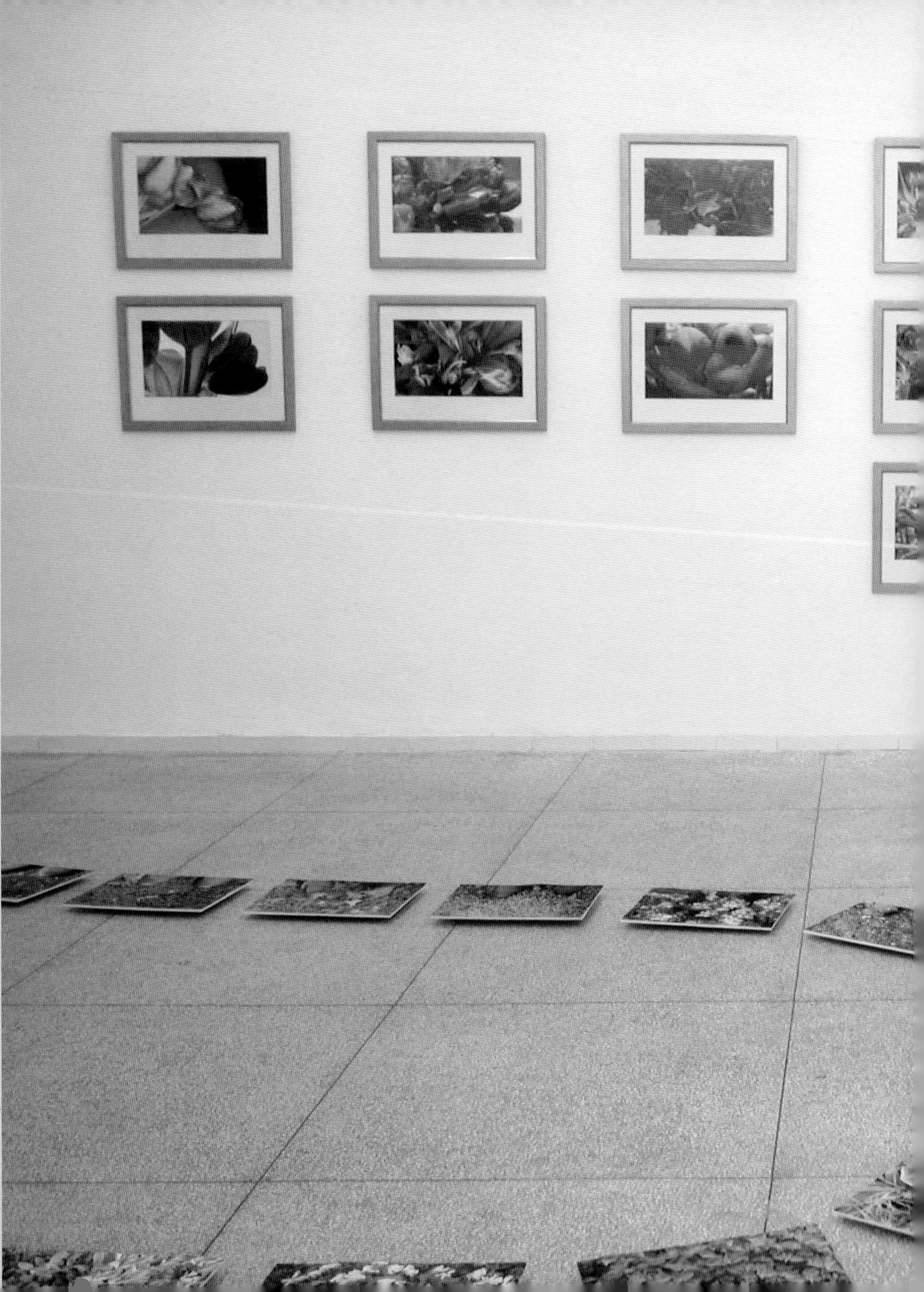

Coelho, René • Chinese tulips • 2006 瑞雷・柯未尤・中国郁金香・2006

Dijkstra, Rineke • Amoy botanical garden, Xiamen, April 23 雷尼卡・迪杰斯特拉・厦门植物园，4月23日・2006

Fliervoet, Maartje • Two tiny spots containing the whole of the space surrounding me, slide installation with voiceover • 2007 马尔切 • 弗莱尔特 • 我周围包含整个空间的两个小点 • 幻灯片装置带配音 • 2007

Since I felt compelled to regain certainty of their unchanged status every minute or so, this lead to certain complications. Once I realized it was impossible to keep it up, I developed a system for this: I allowed myself to look only at the top left corner of the room, where the ceiling, the wall in front of me, and the wall to the left of me would meet, and the lower right corner behind me, where the floor, the back wall, and the wall to the right of me would meet. I could monitor these two tiny spots containing the whole of the space surrounding me within a second.

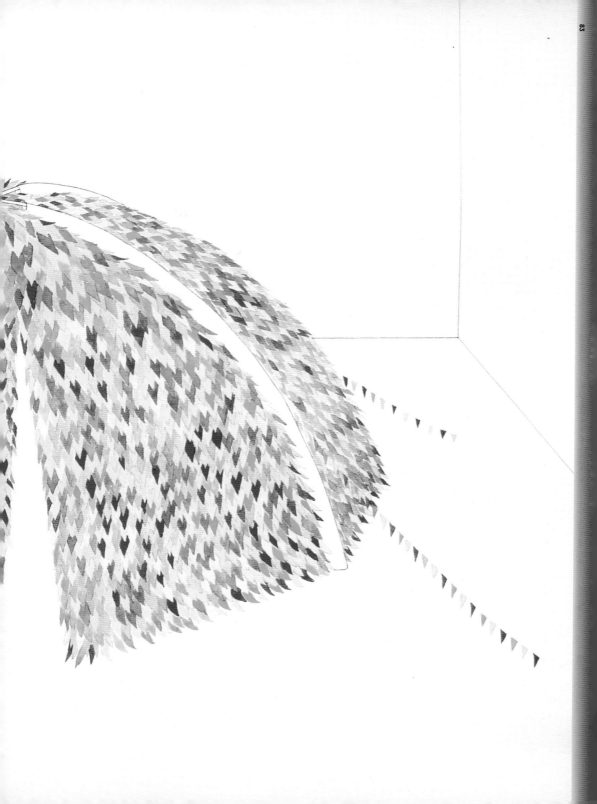

Heiden, Cecile van der • Artis natura magistra #1, 2 • 2008 塞西尔 • 范德 • 海顿 • 艺术为自然之师1, 2 • 2008

Hocks, Teun • (overview) • 2000 托恩·霍克斯·霍克斯·于中国欧洲艺术中心展览概景图 • 2000

Janssen, Twan • Stills pilot 1.1 • courtesy Torch Gallery • 2005 图恩 • 杨森 • 电影毛片 1.1 • 定格画面 图片由Torch美术馆提供 • 2005

and I'll keep you informed

It ALL BEGAN In Th

Kaap, Gerald van der · untitled · 2002 卡普 · 范德 · 吉拉德 · 无题 · 2002

Klap, Roosje / Groot, Kaleb de • Exquisite gunpowder city 16 shot • 2008 罗芙・科勒/科勒・德・古鲁特・华丽的火药城十六图 • 2008

Koeman, Jean Bernard · untitled · 2003 江欧尔纳 · 摩費 · 无题 · 2003

心路的媒介

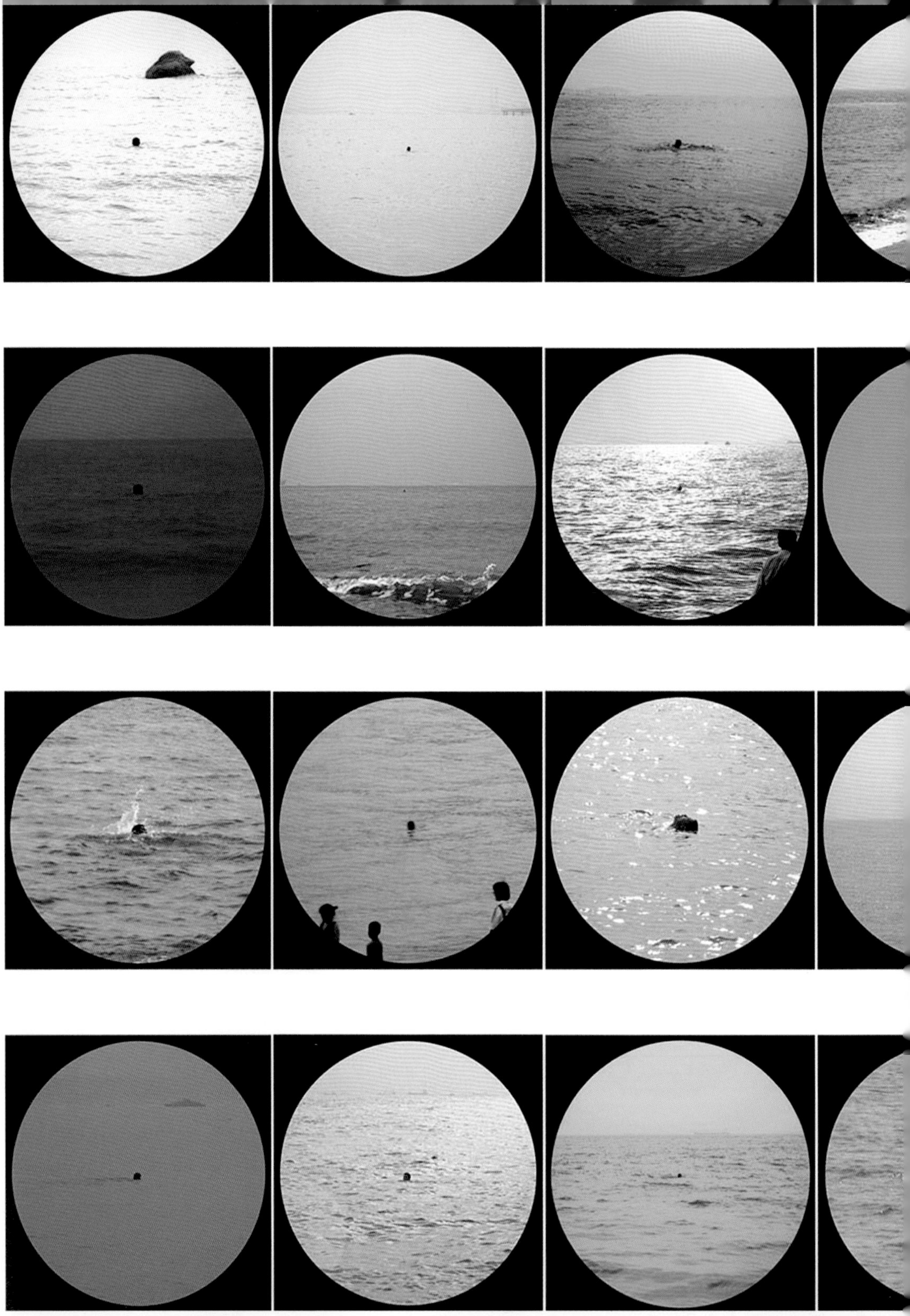

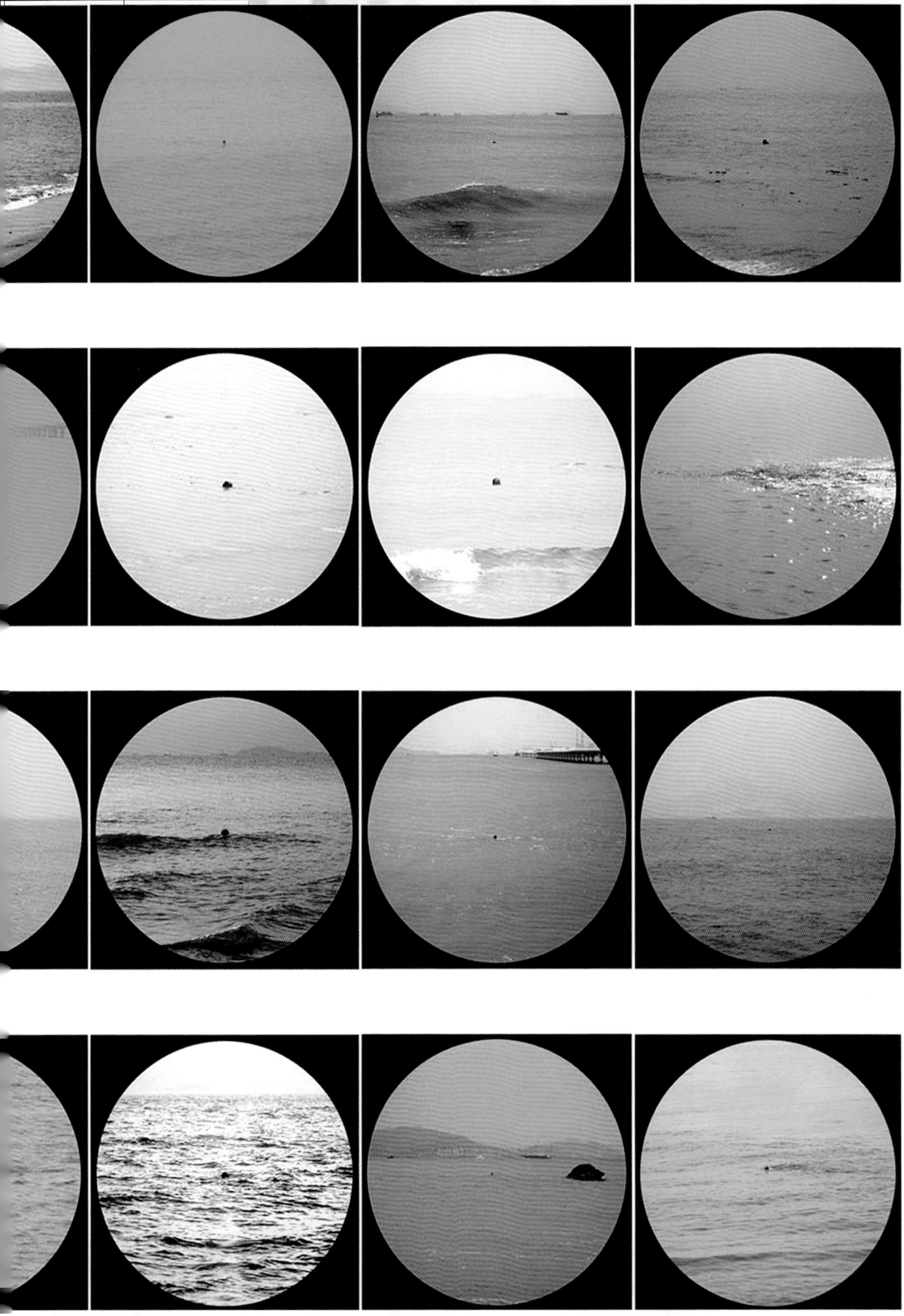

Kortbeek, Floor • Farewell (film still) • 2006 花儿 • 珂特比克 • 告别 (影片定格画面) • 2006

Lieshout, Erik van · Fantasy me (video still) · 2004　伊瑞克 · 凡 · 里斯特 · 幻想我 · 幻想我（影像定格画面）· 2004

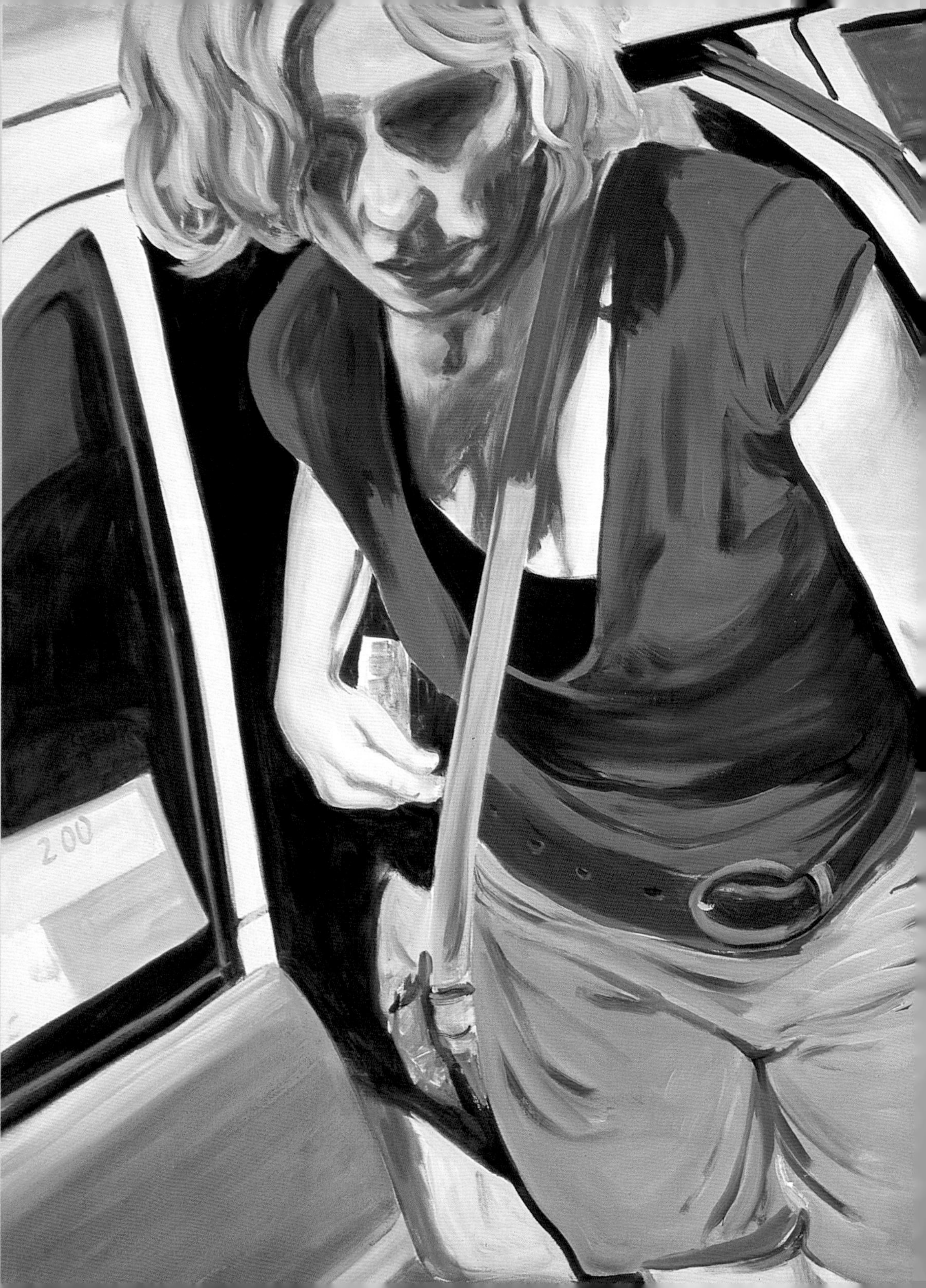

Spit, Chantal • Arrival • 2008 切安托・斯碧特・到达・2008

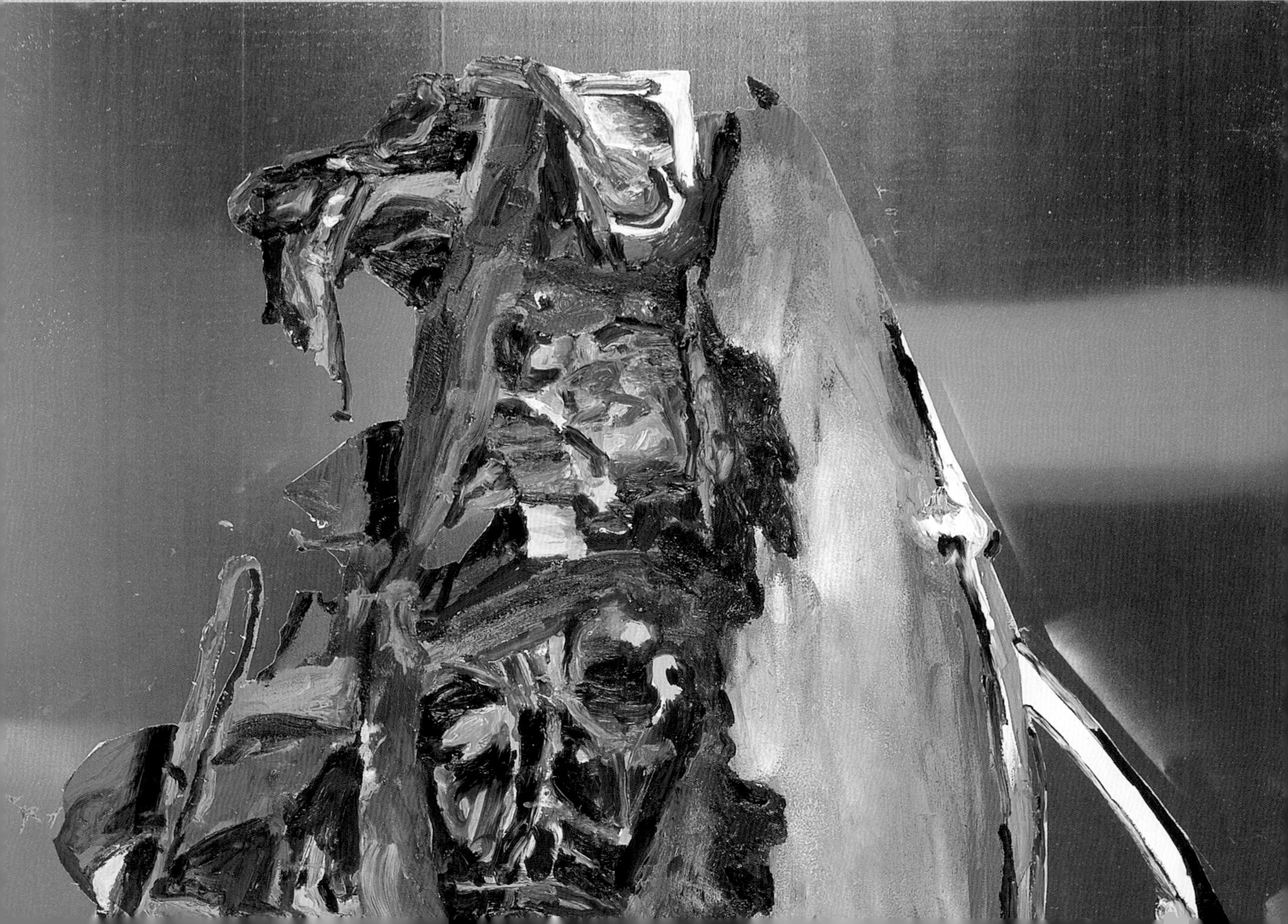

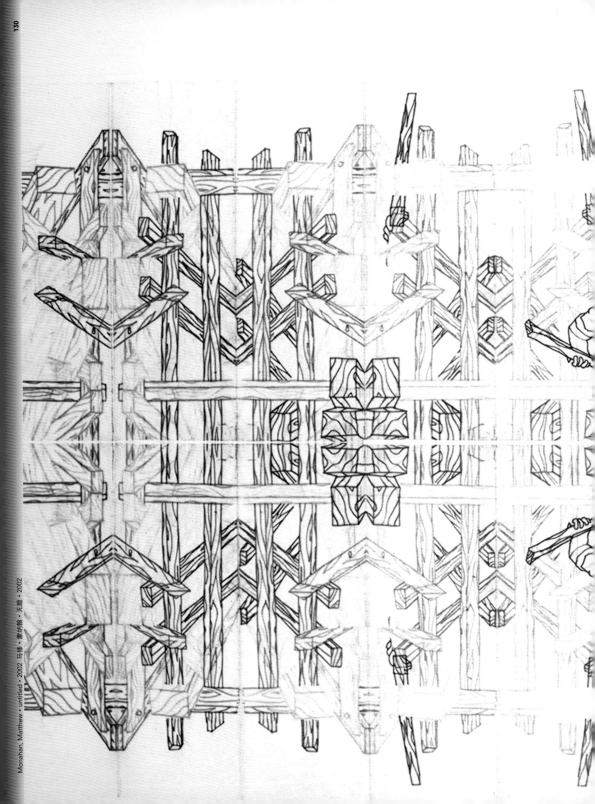

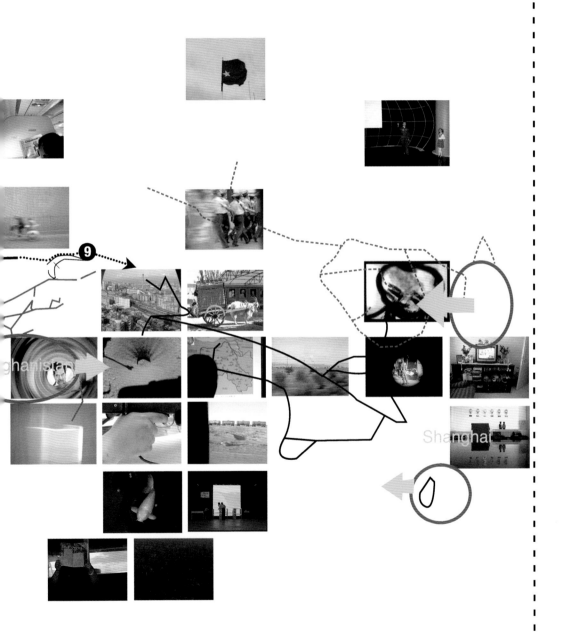

Olofsen, Erik · untitled · 2004　艾瑞克·奥勒森·无题·2004

Schaap, Femke / Timmer, Sjerk • Homeheart • 2003 凡爾卡 • 斯卡普 • 夏克 • 迪姆 • 家庭的核心 • 2003

Schlieffert, Charlotte • fltr: You bring light in Eve, queen of rap, untitled, choke me, spank me, keep the faith, waiting waiting waiting, somebody told me it's bad to be with a foreigner, untitled • 2003 夏尔劳特·斯莱芙特（从左至右）：
你在前夕带来光芒 说唱女王 无题 扼我吧 打我吧 积攒信仰 等等等 有人告诉我和外国人一起不好 无题 • 2003

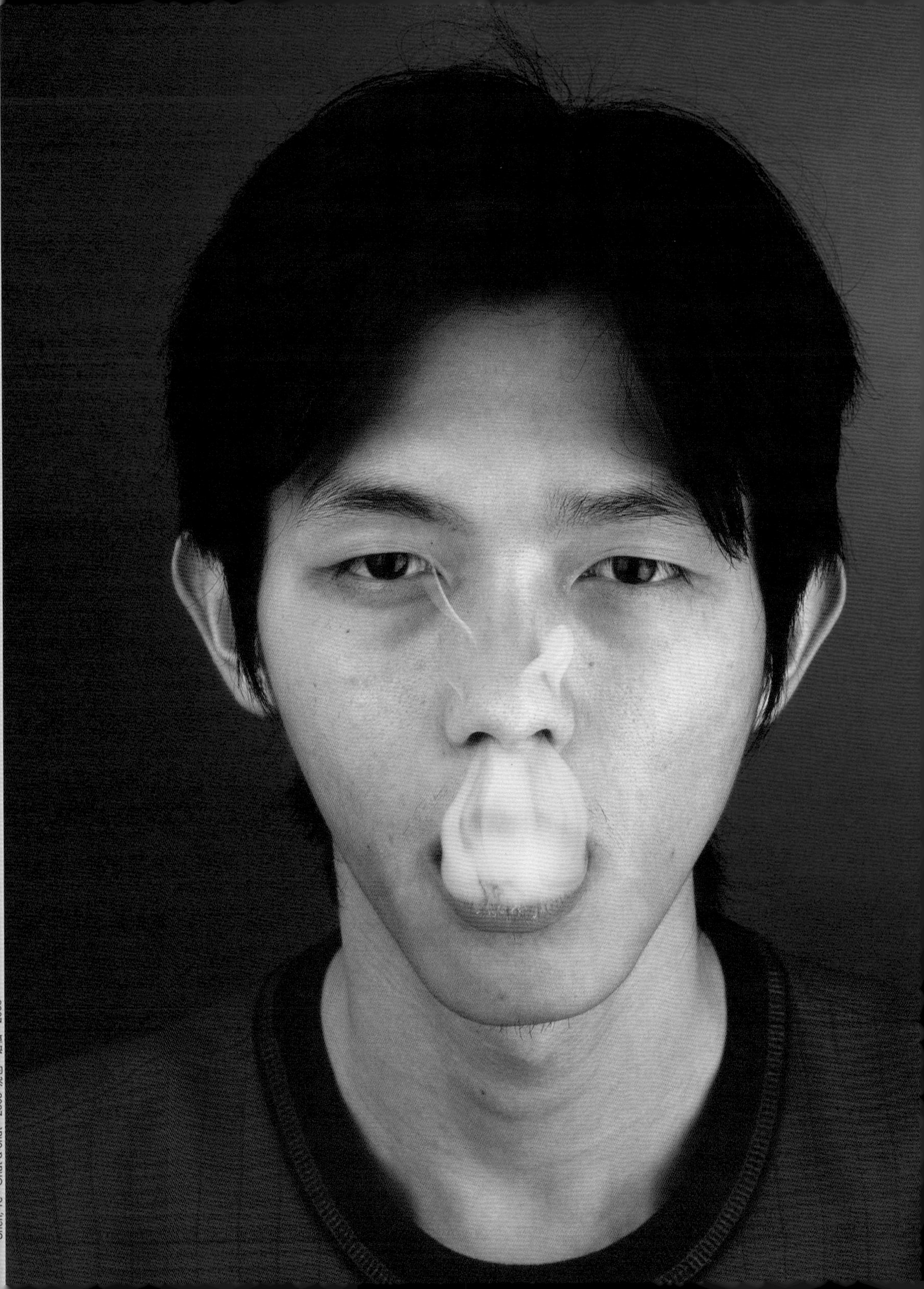

Shen, Ye • Chat & chat • 2003 沈也 • 话仙 • 2003

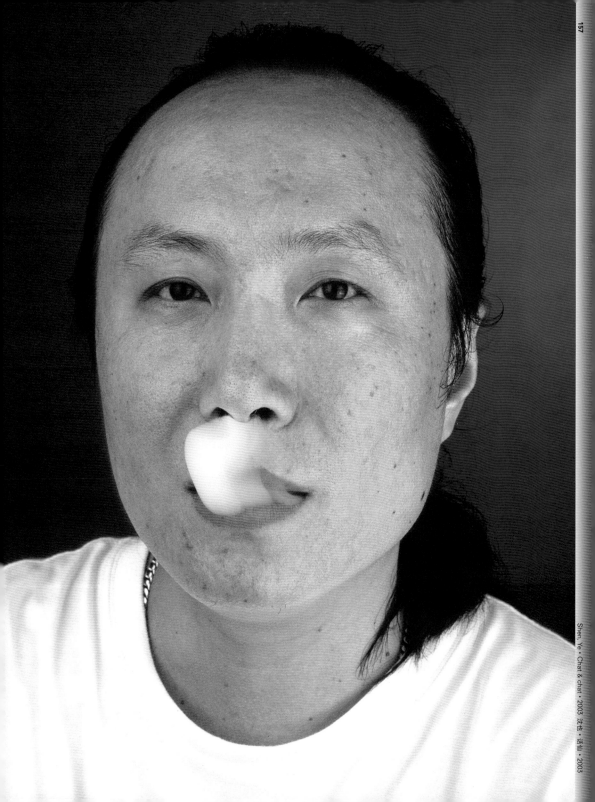

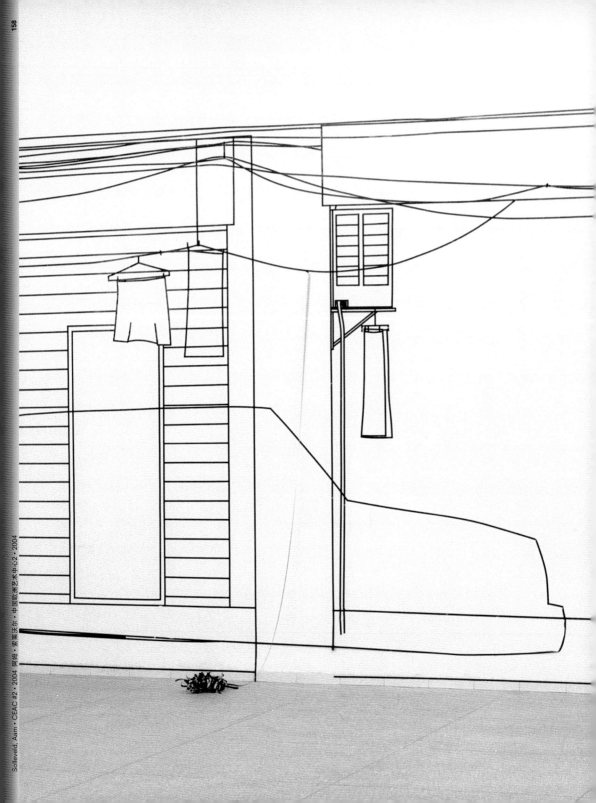

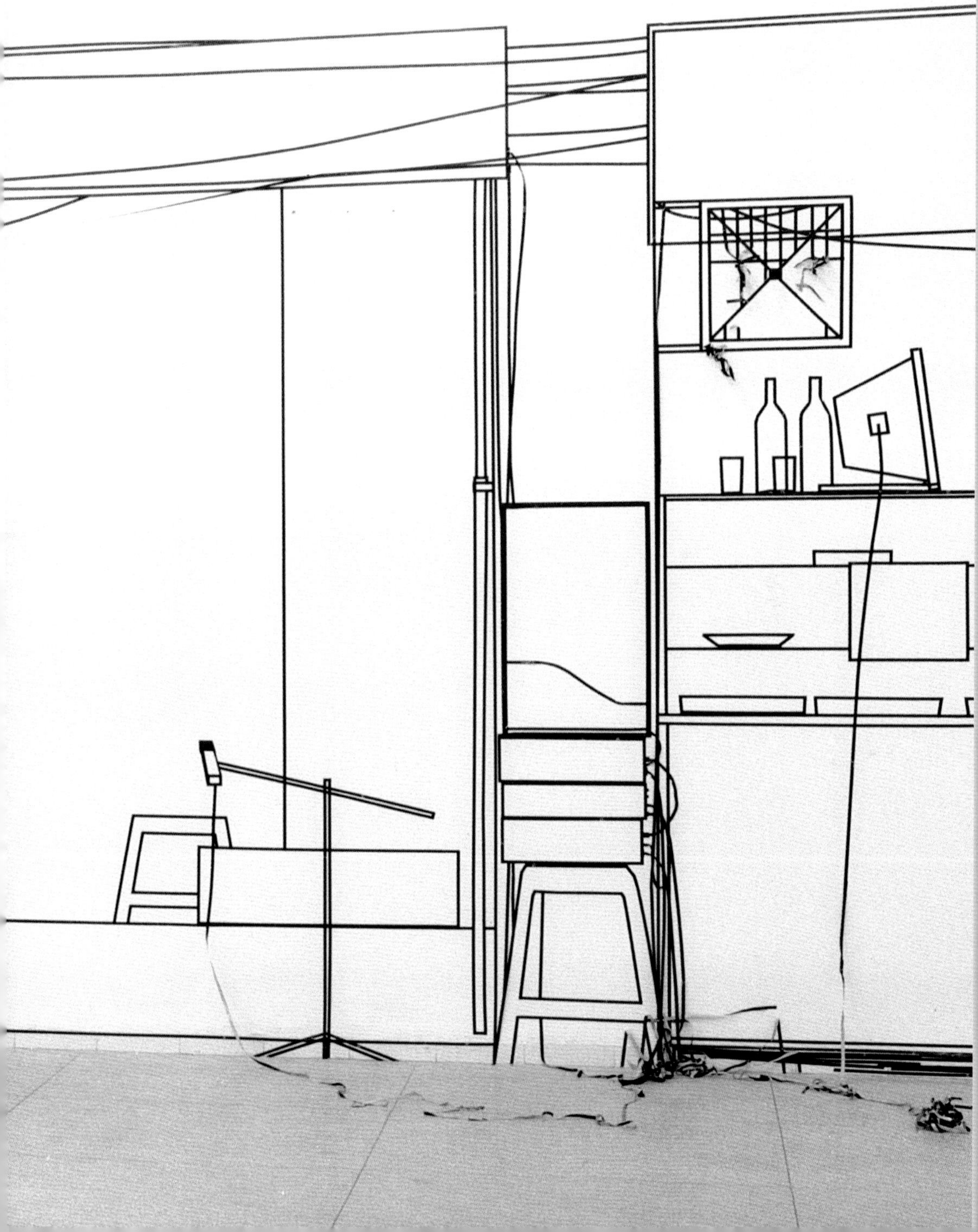

Venhuizen, Hans / Schuster, Margit • Urbaan glutamaat (publication) • 2006 汉斯 · 芬豪森 / 舒斯特 · 玛格丽特 • Urbaan glutamaat (出版刊物) • 2006

Venhuizen, Hans / Schuster, Margit · Urban glutamaat (publication) · 2006 汉斯·芬惠森 / 施斯特·玛格丽特 · Urban glutamaat (出版刊物) · 2006

Vlottes, Guido • Eight European contemporary artists • 2003 / Gudmundsson, Sigurdur • Bonbons • 2001–2002 吉多・弗劳特斯・八位欧洲当代艺术家・2003 / 思故都・顾蒙逊・糖果・2001–2002

Vree, Danielle van • If I knew I would tell you • 2007 • 丹麦 • 梵芙丽 • 如果我知道我会告诉你 • 2007

Vroegop, Matty / Schoonveld, Ed • Bottles & lighters (On display) • 2008 芙汝荷朴 / 思洪菲尔德 • 瓶子和打火机（展览：展示中）• 2008

Wolf, Lam de • Handcomputer • 2001 莱姆 • 德 • 沃尔夫 • 手提计算机 • 2001

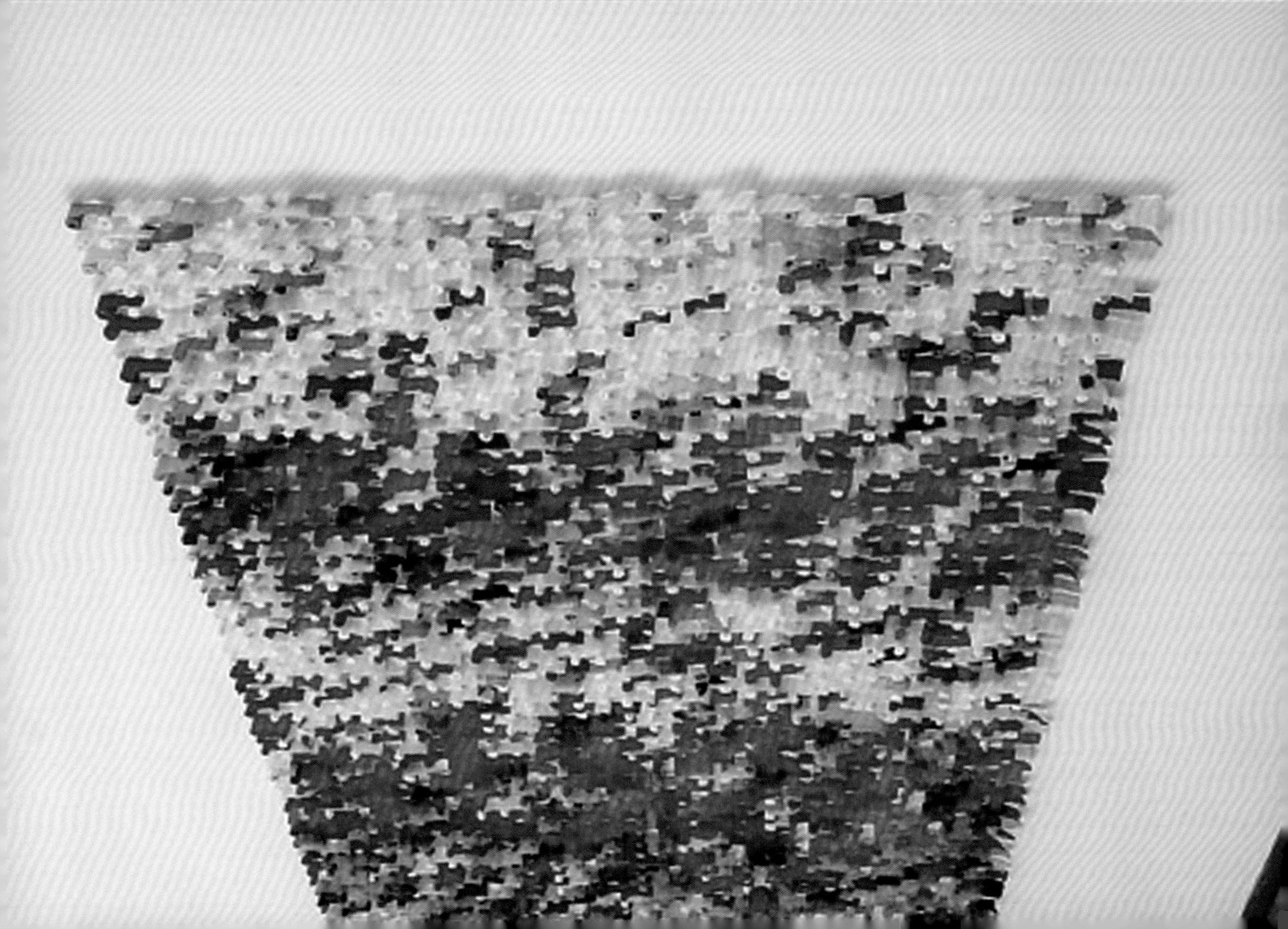

Wong, Amy • untitled • 2008 黃詠韞 • 2008 • 無題

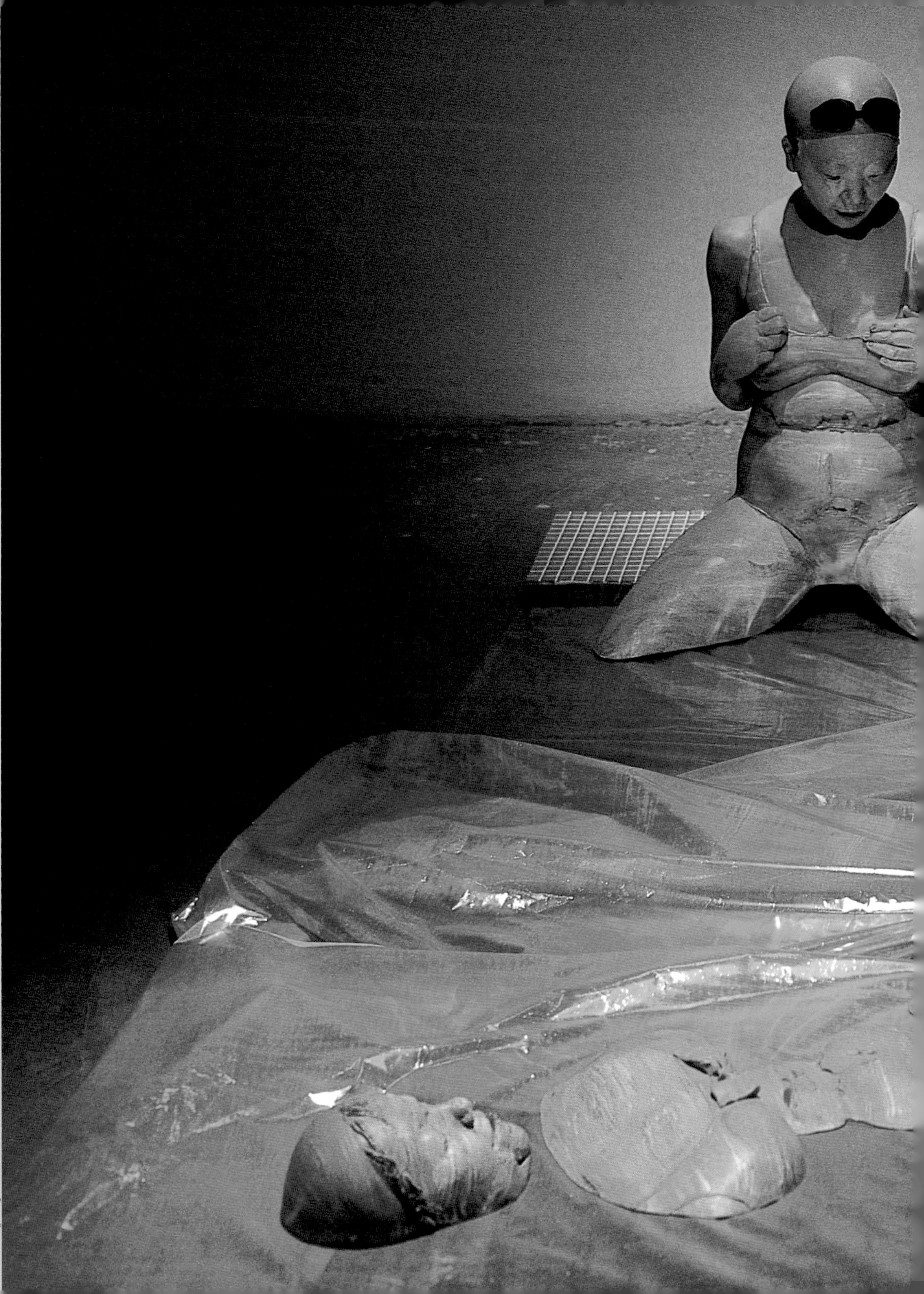

Xiang, Jing • The shallow water • 2002 向京 • 浅水 • 2002

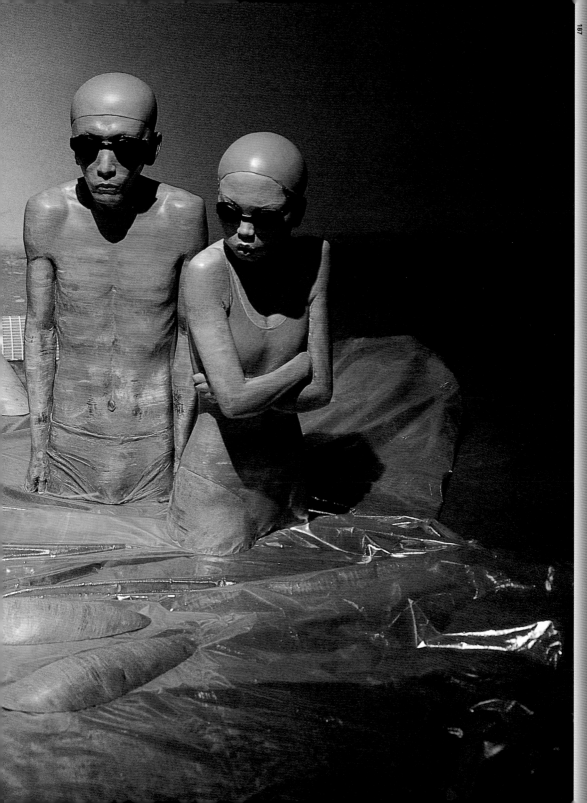

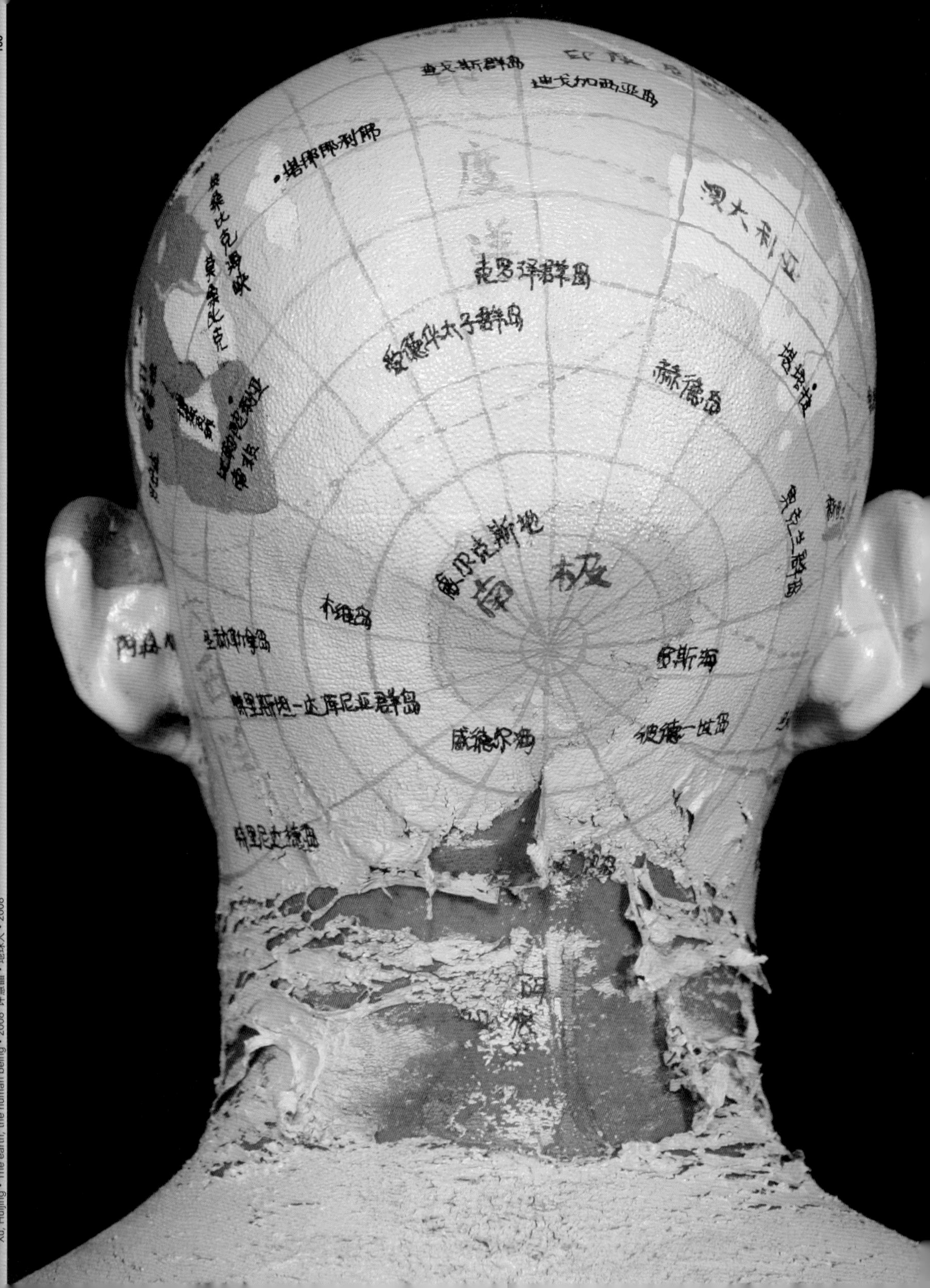

Xu, Huijing • The earth, the human being • 2008 许慧晶 • 地球人 • 2008

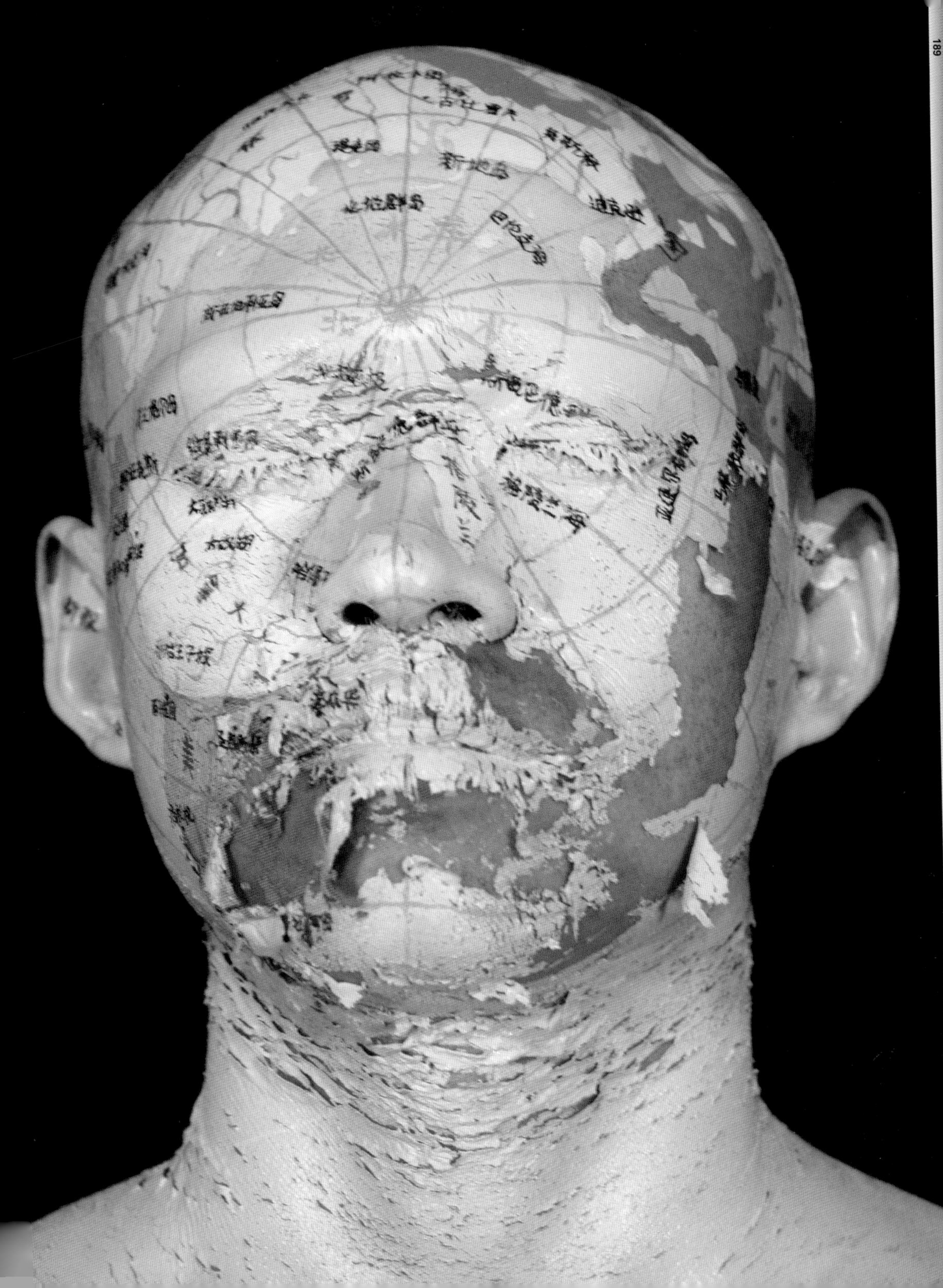

Xu, Huijing • The earth, the human being • 2008 许慧晶 • 地球人 • 2008

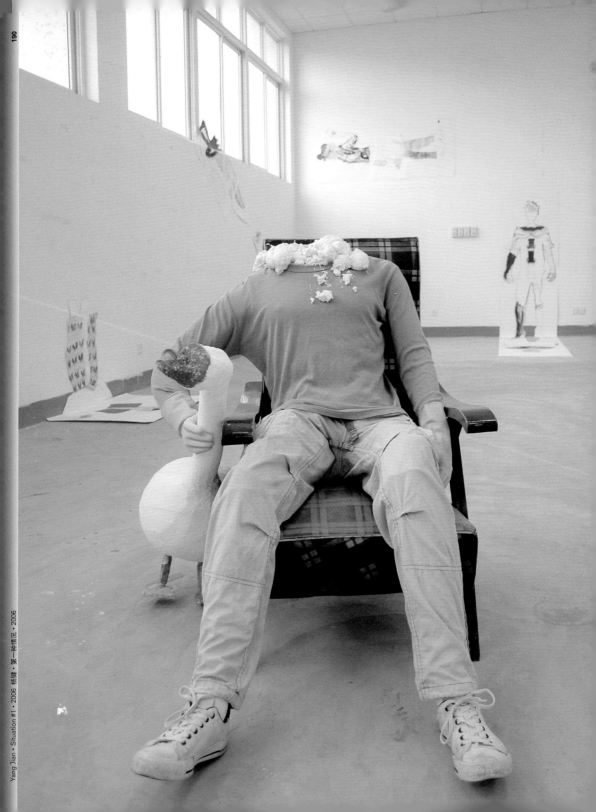

Yilmaz, Hulya · untitled · 2005 · photo: Kang You Teng　胡丽娅·伊尔玛斯·无题·2005·图片感谢：康有腾

Wenbin, Zeng • untitled • 2000 曾文宾 • 无题 • 2000

Zijlmans, Sylvie /Jongenelis, Hewald • Suits • 2007 | 素菲/黑沃尔 • 西服 • 2007

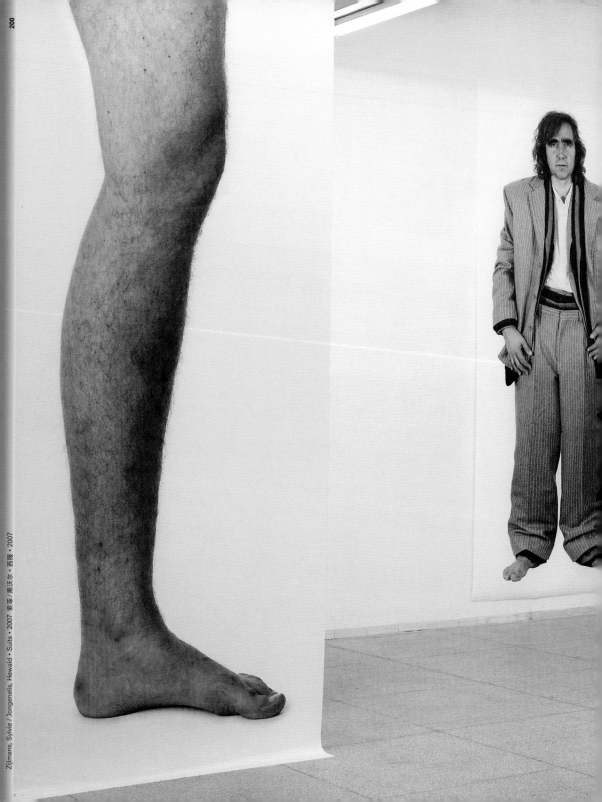

The Red Snowball · Ten Years of Cross-cultural Activities: Chinese European Art Center

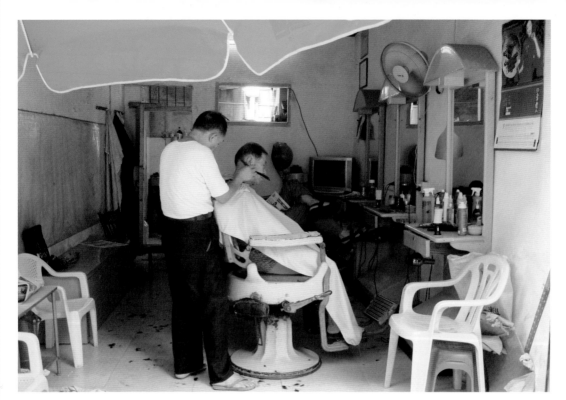

The Red Snowball · Ten Years of Cross-cultural Activitles: Chinese European Art Center

Group Exhibitions

群展

SHE·中国欧洲女性艺术家联展 "她" 2001

Rijksakademie, the Netherlands / Xiamen University Art College, 2006·荷兰皇家艺术学院/厦门大学艺术学院 2006

The Red Snowball · Ten Years of Cross-cultural Activities: Chinese European Art Center

Terra Vita Xiamen・陶瓷・生活・厦门 2004

红色雪球・中国欧洲艺术中心跨文化活动十周年

Sandberg Institute, the Netherlands / Xiamen University Art College · 桑德伯格学院／厦门大学艺术学院 2006 / 2008

The Red Snowball · Ten Years of Cross-cultural Activities: Chinese European Art Center

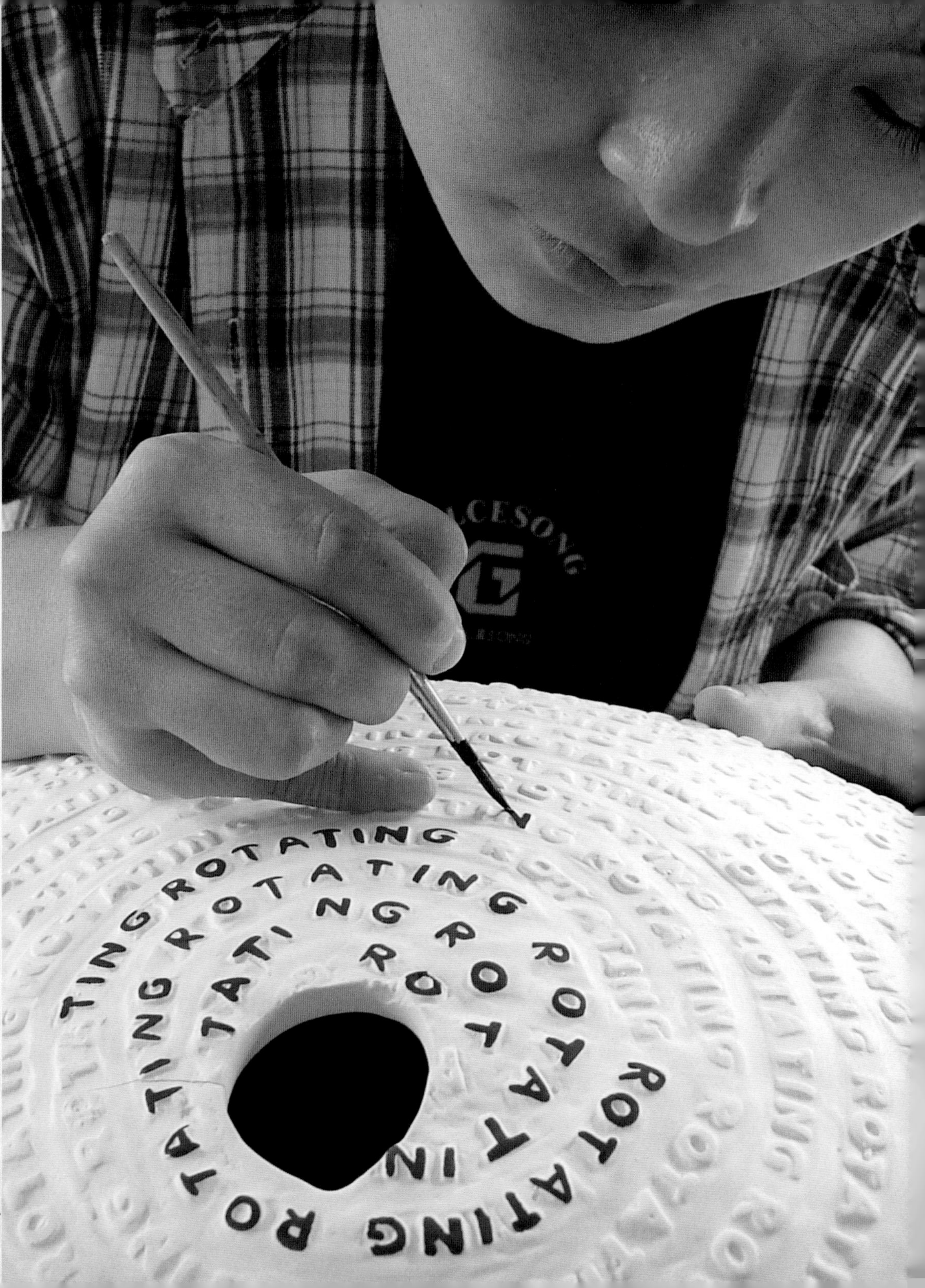

The Red Snowball · Ten Years of Cross-cultural Activities: Chinese European Art Center

红色雪球·中国欧洲艺术中心跨文化活动十周年

The Red Snowball · Ten Years of Cross-cultural Activities: Chinese European Art Center

CEAC 1999-2009

中国欧洲艺术中心1999 – 2009

Elke Mohr

Elke Mohr

Klitsa Antoniou

Li Wen 马立文, Erika Streit

Erla Thóraninsdóttir

Howard Scott, Cecile Bourne-Farrell

Árni Gudmundsson, Per Hüttner

Iva Supic

Artists in Residence 2006

Ragna Róbertsdóttir

Richard Gibson

Polly Braden, David Campany

Kristján Gudmundsson

Ragna Róbertsdóttir

Ronny Heiremans, Katleen Vermeir

The Red Snowball · Ten Years of Cross-cultural Activities: Chinese European Art Center

Mira Sanders

Ronny and Celine Delrue

Vivian Zhang 张薇薇, Galina Manikova

Oliver Irvine, Amy Thomas

Ronny Delrue

Mira Sanders

Magnús Sigurdarson

Virginie Bailly

Lisa Norton

May Lee 李梅兰, Iva Supic

Chloe Morrison

Árni Gudmundsson

Hadiya Finley

Kristján Gudmundsson

Bjørn Nørgaard

Jozsef Paulini

Albert Delamour

Andrew Kelly

Rúrí

Sandra Kunz, Lucy Chen 陈卓

Sandra Kunz

Bard Breivik

Bard Breivik

Semâ Bekirovic

Stevens Vaughn

Sigurdur Gudmundsson

Thora Johanssen

Iva Supic, Nenad Jankovic

Bjørn Nørgaard

Bjørn Nørgaard

The Red Snowball · Ten Years of Cross-cultural Activities: Chinese European Art Center

Andrew Kelly

Áslaug Thorlacius, Finnur A. Arnarsson

Barbara Brüeslisauwer

Sara Riel

Anna Stake

Hulda Hákon

Bard Breivik

Prof. Qin Jian 秦俭, Ben Sveinsson

Sandra Kunz, Yang Jian 杨健

Erika Streit

Tony Cragg

Bjørn Nørgaard , Patrick Nilson

Terrence Letiche

Colette Hosmer

Colette Hosmer

Signing contract Hebei Press October 2, 2009

View from CEAC

Friendship Award Fujian Province. Ineke Gudmundsson, mr. Su Zixing, Foreign Office 厦门大学外事办公室苏子惺先生

Jennifer Tee, Jonas Ohlsson

Opening ceremony of Sea and Music Sculpture Festival

First opening CEAC exhibition

CEAC logo

CEAC / Xiamen University Art College Meeting

Anniversary of Xiamen University 2006

Consul General mr. and mrs. van Dijk , Lam de Wolf

Femke Schaap / Sjerk Timmer

Ineke Gudmundsson, Roosje Klap, Kaleb de Groot, Lucy Chen 陈卓

Celebration dinner 60th National day of the People's Republic of China

First opening CEAC exhibition with mr. Olafur Egilsson, the ambassador of Iceland, mr. Pan Shimo, vice president of Xiamen University 厦门大学副校长潘 墨先生

Lin Gongming 林公明, party secretary Xiamen University Art College, Sally Zhiwei Chen 陈志伟 Foreign Office

Lily van Ginneken

Erik Olofsen, Aam Solleveld

Amy Wong 黃詠嫻

Anneke de Boer

Jaring Lokhorst / Chantal Spit

Charlotte Schleiffert, Michael Thomas

Arnoud Noordergraaf, Danielle van Vree

Chen Wenling 陈文令

Danielle van Vree

Danielle van Vree

Kang Youteng 康有腾, Sigurdur Gudmundsson

Femke Schaap, Sjerk Timmer

Gu Yue 顾跃

Xiamen studio Charlotte Schleiffert

Hartmut Wilkening, Ineke Gudmundsson

The Red Snowball · Ten Years of Cross-cultural Activities: Chinese European Art Center

Prof. Qin Jian 秦俭, Willem Offenberg

Huang Yan 黄岩

Jaap Kroneman

Jaap Kroneman

The Dialogue, exhibition view·对话展览概览图

Teun Hocks

Sanja Medic

Jean Bernard Koeman

JCJ Vanderheyden

Fujian artists, Hilde Teerlinkck, Erich Weiss

Jos Houweling, Lam de Wolf

Lara Schnitger

Hulya Yilmaz, Ineke Gudmundsson

Femke Schaap, Sjerk Timmer

Wang Shugang 王书刚

Xiang Jing 向京

Xiang Jing 向京

Mr. Zhu 朱承林

prof. Qin Jian 秦俭, Jos Houweling, students

Xu Huijing 许慧晶

Zeng Wen Bin 曾文宾

Sylvie Zijlmans, Una, Igor, Hewald Jongenelis

Sylvie Zijlmans, Igor, Hewald Jongenelis

Arnoud Noordergraaf

Din Pieters, Helen van der Mey

Harald Schole

Tim Chuanxi Chen 陈传熙, Marjo van Baar

Marjan Teeuwen

Marjolijn Dijkman, Maarten van den Eynde

Olga Russel

The Red Snowball · Ten Years of Cross-cultural Activities: Chinese European Art Center

Petran Kockelkoren

Sigurdur Gudmundsson, Lin Chun 林春, Helen van der Mey

Raoul Bunschoten

Twan Janssen, Jaap Kroneman, Guido Vlottes, Li Gang 李刚

Zeng Huanguang 曾焕光

Sigurdur Gudmundsson, Kang Youteng 康有腾

Cecile van der Heiden

Jeffrey Mouthaan

Prof. Li Wei Si 李维祀教授

Lu Ming 鹭明, Chris Reinewald, Wi Shi

Tim Chuanxi Chen 陈传熙, Kees van Gelder

Paul Hefting

Paul Hefting

Willem Sanders, prof. Qin Jian 秦俭

Paul Kooiker

Ai Xiu Huang 黄爱秀, Cecile van der Heiden

Tineke Reijnders, Hou Jiawen 侯嘉文

Allard Schröder

Sigurdur Gudmundsson

Bong Antivola, Annelie Musters, Allard Schröder

Ineke Gudmundsson, Consul General Robert de Leeuw

Prof. Zhang Liping 张立平

Shen Ye 沈也

Fiona Cibani, Bella Chan

Sigurdur and Ineke Gudmundsson

Sigurdur Gudmundsson

Chen Youli 陈有理, Chen An Ni 陈安尼

Landy Lan 蓝洪英, May Lee 李梅兰

Ineke Gudmundsson, prof. Qin Jian 秦俭, Annelie Musters, Huang Yong Ping 黄永砯

Leonard Blussé

The Red Snowball · Ten Years of Cross-cultural Activities: Chinese European Art Center

Floor Kortbeek

Jeroen Jacobs

Hartmut Wilkening

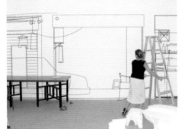

Aam Solleveld

Ineke Gudmundsson, Amy Wong 黄詠嫻

Jennifer Tee / Jonas Ohlsson

Jeroen Jacobs

Jeroen Jacobs

Kan Xuan 阚萱

Kan Xuan 阚萱

Karin van Dam

Lam de Wolf

Photographer Yao Fan 姚凡

Wang Su Hua 王苏华, Li Gang 李刚

Mathew Monahan

The Red Snowball · Ten Years of Cross-cultural Activities: Chinese European Art Center

Nick Renshaw

René Coelho

Judith van IJken

Rachid Novaire

Rodney Cone, Stevens Vaughn

Simon Kentgens

Simon Kentgens

Sanja Medic

Tzu Ju Chen 陈紫茹

Vroegop / Schoonveld

Vroegop / Schoonveld

Wang Qiang 王强

Wang Qiang 王强

Guido Vlottes, Jaap Kroneman, Twan Janssen

Sigurdur Gudmundsson, Lydia Meist-Bender, Gustav Meist

Erik van Lieshout

Tom Claassen

Erik van Lieshout

Scarlett Hooft Graafland

Scarlett Hooft Graafland

Erik van Lieshout

Gerald van der Kaap

Hong Shunzhang 洪顺章

Hong Shunzhang 洪顺章

Hong Shunzhang 洪顺章

Hulya Yilmaz

Hulya Yilmaz

Karin van Dam

Lara Schnitger

Pieter Holstein

The Red Snowball · Ten Years of Cross-cultural Activities: Chinese European Art Center

Nick Renshaw

Gerald van der Kaap

Rineke Dijkstra

Ma Leonn 马良

Antoinette Nausikaä Slagboom, Rineke Dijkstra

Gary Hurlstone, Cecile van der Heiden

Anneke de Boer

Tom Claassen, Roland Mayer, Bard Breivik, Bharat

Tzu Ju Chen 陈紫茹, Bas Princen

Heerko van der Kooij, Ineke Bakker

Xiang Jing 向京

Simon Kentgens

Twan Janssen

Sanja Medic, Lotte Geeven

Tzu Ju Chen 陈紫茹, Ineke Gudmundsson

Erik Olofson, Aam Solleveld

Aixiu Huang 黄爱秀

Allard Schröder, Huang Yong Ping 黄永砯

May Lee 李梅兰, Allard Schröder

Amy Wong 黄詠嫻

Anneke de Boer

Yan Jun 颜峻

Antoine Stemerding, Pieter Holstein, Bas Princen

Arnoud Noordergraaf

Maartje Fliervoet, Bas Princen

Lin Xiaoyun 林晓云, Chantal Spit

Paul Kooiker, Ma Leonn 马良

Chen Wenling 陈文令

Consul General of the Netherlands Ton van Zeeland

Danielle van Vree, Mila Noordergraaf

The Red Snowball · Ten Years of Cross-cultural Activities: Chinese European Art Center

Fahrettin Örenli, Yangha Ham

Fahrettin Örenli, Yangha Ham

Femke Schaap / Sjerk Timmer

Floor Kortbeek

Folkert de Jong

Folkert de Jong

Folkert de Jong, Delphine Courtillot

Fujian artists

Group photo Artist of Residence 2007

Vroegop / Schoonveld

Group photo Artist of Residence 2006

Amy Thomas / Oliver Irvine

Gu Yue 顾跃

Prof. Qin Jian 秦俭, students Xiamen University Art College 1999

Marike Zandvliet, Margo Rens, Paul Termos

Hans Venhuizen

Harald Schole

Pieter Holstein

Hong Shunzhang 洪顺章

Huang Yan 黄岩

Kaleb de Groot, Roosje Klap

Els Nieuwenhuis

Ineke Gudmundsson, Charlotte Schleiffert

Roma Pas

Cora van der Voort, Jean Bernard Koeman

Jean Bernard Koeman

Jennifer Tee, Hartmut Wilkening

Erik Olofsen

Jos Houweling

Shen Ye 沈也

The Red Snowball · Ten Years of Cross-cultural Activities: Chinese European Art Center

Arik Visser

Kan Xuan 阚萱

Landy Lan 蓝洪英, Marianne de Graaf

Pieter Holstein

Lara Schnitger

Hong Bu Ren, Ineke Gudmundsson, Leonard Blussé

Mayke Jongsma, Lex ter Braak

Lex ter Braak, Yang Jian 杨健

Lily van Ginneken

Consul General Ton van Zeeland, Marco van Duyvendijk

Jaring Lokhorst / Chantal Spit

Matthew Monahan

Matthew Monahan

Cecile van der Heiden

May Lee 李梅兰, Li Wen 马立文, Kang Youteng 康有腾

The Red Snowball · Ten Years of Cross-cultural Activities: Chinese European Art Center

红色雪球·中国欧洲艺术中心跨文化活动十周年

The Red Snowball · Ten Years of Cross-cultural Activities: Chinese European Art Center

The Red Snowball · Ten Years of Cross-cultural Activities: Chinese European Art Center

Printed Matter

印刷品

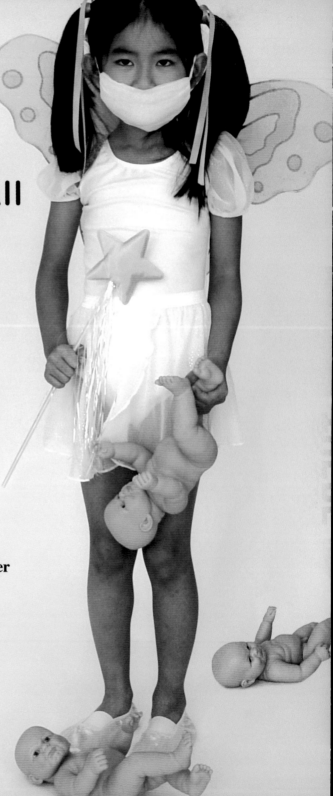

Fu Yang
(Galina Manikova)
福 阳
（歌琳娜·玛尼珂娃）

The Great Wall
photo- and video-installation
长 城
照片和录象装置

The Chinese European Art Center
Xiamen University Art College

Opening: Friday 5 pm, November 3, 2006
Duration: November 3 to 26, 2006
Open: Wednesday-Sunday 10-12 am & 3-5 pm
For information: (0592)2180850 or 13055505684

中国欧洲艺术中心
厦门大学艺术学院

开幕式：2006年11月3日星期五下午5时
展期：直到2006年11月26日
周三至周日 上午10至12点，下午3至5点

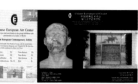

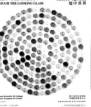

The Red Snowball · Ten Years of Cross-cultural Activities: Chinese European Art Center

The Red Snowball · Ten Years of Cross-cultural Activities: Chinese European Art Center

The Red Snowball · Ten Years of Cross-cultural Activities: Chinese European Art Center

红色雪球·中国欧洲艺术中心跨文化活动十周年

图书在版编目(CIP)数据

红色雪球：中国欧洲艺术中心跨文化活动十周年／中国欧洲
艺术中心编著．—石家庄：河北教育出版社，
2010.4
　ISBN 978-7-5434-7584-7

　Ⅰ．①红…　Ⅱ．①中…　Ⅲ．①中外关系－文化交流－中
国、欧洲　Ⅳ．①G125

　中国版本图书馆 CIP 数据核字 (2010) 第 052833 号

出版发行 ／ 河北教育出版社
　　　　　（石家庄市联盟路705号，邮编 050061）
出　品 ／ 北京颂雅风文化艺术中心
　　　　　北京市朝阳区北苑路172号3号楼2层
　　　　　邮编 100101　电话 010-84853332
文字总监 ／ 郑一奇
责任编辑 ／ 刘　峰
编辑助理 ／ 王　琳
装帧设计 ／ Irma Boom Office
印　　制 ／ 北京雅昌彩色印刷有限公司
开　　本 ／ 787×1092 1/16 16印张
出版日期 ／ 2010年4月第1版 第1次印刷
书　　号 ／ ISBN 978-7-5434-7584-7
定　　价 ／ 120元
版权所有　翻印必究